AF483075

# CATALOGUE MENSUEL

*(Nouvelle Série, N° 21)*

# LIBRAIRIE

DE

# Théophile BELIN

## 29, Quai Voltaire, PARIS

---

## SOMMAIRE

Annales de la Société académique de Nantes, 1830-65, 36 vol. — Art-Journal, 1858-75, 13 vol. — L'Artiste (2ᵉ, 3ᵉ, 4ᵉ, 5ᵉ, 7ᵉ séries), 1839-61. — *Bertrand de Molleville*. Hist. de la Révolution, 1801-03, 14 vol. — Bibliothèque historique, 1818-20, 14 vol. — *Bossuet*. Œuvres choisies, 1821-23, 30 vol. — *Bouquet*. Recueil des historiens des Gaules, 1738-76, 23 vol. — *Bulliard*. Herbier et champignons de France, 1784-91. — *Calmet*. Dictionnaire de la Bible, 1730, 4 vol. — *Daly*. Architecture privée, 1872, 3 vol. — *Debure*. Bibliographie instructive, 1763-69, 9 vol. — *Denon*. Monuments des Arts, 1829, 4 vol. — *Duhamel du Monceau*. Traité des arbres et arbustes, 1800-17, 7 vol. — *Flandin et Coste*. Voyage en Perse, 1853-54, 6 vol. — Galerie de Dresde, 1753-57, 2 vol. — *Georgel*. Armorial de Lorraine, 1882. — Journal de Paris, 1787-93, 14 vol. — *Lenoir*. Statistique monumentale, 1867, 2 vol. — Ouvrages relatifs à Napoléon Iᵉʳ et au premier Empire. — *Palustre*. La Renaissance en France, 1879-85, 3 vol. *Prudhomme*. Dictionnaire des individus envoyés à la mort, 1796-97, 6 vol. — *Restif*. M. Nicolas, 1794, 8 vol.

---

## PARIS

## LIBRAIRIE Théophile BELIN

### 29, QUAI VOLTAIRE, 29

### 1899

**510. Abot de Bazinghen**. Traité des Monnoies et de la jurisdiction de la Cour des Monnoies en forme de dictionnaire contenant l'histoire des monnoies des anciens peuples, les monnoies de France, etc. *Paris, Guillyn*, 1764 ; 2 vol. in-4, veau. 8 fr.

**511. Aillaud** (l'abbé). L'Egyptiade, poëme héroïque en douze chants. *Paris, Lenormant*, 1813; in-8, veau granit, dos orné, dent., tr. dor. (*Rel. anc.*). 4 fr.

**512. Aimé-Martin** (L.). Plan d'une Bibliothèque universelle. Etude des livres qui peuvent servir à l'histoire littéraire et philosophique du genre humain. *Paris, Desrez*, 1837 ; in-8, demi-rel. veau. 3 fr.

**513. Album** du Salon de 1840 [1841, 1842, 1843 et 1844]. Collection des principaux ouvrages exposés au Louvre, reproduits par les peintres eux-mêmes. *Paris, Challamel*, 1840-1844 ; 5 vol. in-4, cart., *non rognés*. 40 fr.

Texte par Jules Robert et W. Ténint. Lithographies sur blanc et sur Chine par *Adolphe Baron, Challamel, Cornuel, Dauzats, Deshays, Frère, Laurens, Lemoine. Henriquel Dupont, L. Noel,* etc.

**514. Albums** de Caricatures. *Paris*, 1869-1871 ; 3 vol. in-4 en feuilles et brochés. 25 fr.

La Parodie. par *Gill*. — Les Soldats de la République. par *Draner*. — Les Silhouettes de 1871, par *Moloch*.

**515. Alcoran** (l')des Cordeliers,tant en latin qu'en français,ou recueil des plus notables bourdes et blasphèmes imprudents de ceux qui ont osé comparer S. François à Jésus-Christ, tiré (par Erasme Albère) du grand livre des conformités, jadis composé (en latin) par frère Barthélemy de Pise, cordelier en son vivant (et trad. en françois par Conrad Badius). Nouvelle édition ornée des figures de B. Picard. *Amsterdam*, 1734 ; 2 vol. in-12, front., br. 10 fr.

**516. Alembert** (D'). Elémens de Musique théorique et pratique, suivant les principes de M. Rameau, éclaircis, développés et simplifiés. *Lyon, J. M. Bruyset*, 1762 ; in-8,

veau marbré, dos orné. (*Rel. anc.*). 4 fr.

Planches de musique gravées en taille-douce.

**517. Alliance** des Jacobins de France avec le ministère anglais, suivie des stratagèmes de Fr. Drake. *Paris, impr. de la République, Germinal an* XII (1804) ; in-8, bas. 4 fr.

**518. Almanach national** de France, an XI de la République. *Paris, Testu*, 1803 ; in-8, dos orné, dent., tr. dor. (*Rel. anc.*). 15 fr.

**519. Almanach royal**. *Paris, d'Houry* ; 5 vol. in-8, veau, années 1759, 1782, 1786, 1788, 1790; *Chacun* 7 fr.

Les années 1759 et 1790 sont incomplètes du titre.

**520. Anacréon**. Odes, traduites en vers sur le texte de Brunck par J. B. de Saint-Victor. Troisième édition, revue et corrigée. *Paris, Nicolle*, 1818; in-8, br. 10 fr.

Charmantes figures de *Girodet*, gravées par *Girardet*.

**521. Anecdotes** du dix-huitième siècle. *Londres*, 1783 ; 2 tomes en un vol., bas. 12 fr.

D'après Barbier cet ouvrage serait la première édition des « Anecdotes secrètes du XVIII° siècle » attribuées à P.-J.-B. Nougaret.

**522. Annales** de la Société académique de Nantes et du département de la Loire-Inférieure. *Nantes, Mellinet*, 1830-1865 ; 36 vol. in-8, br. et en livraisons. 100 fr.

**523. Anquetil**. Louis XIV, sa cour, et le Régent. *Paris, Bossange*, 1743 ; 4 vol. in-12, veau. 10 fr.

**524. Arneth** (Alfred Ritter von). Maria-Theresia und Marie-Antoinette. Ihr briefwechsel herausgegeben von Alfred Ritter von Arneth. Zweite vermehrte auflage mit briefen des abbé de Vermond an den grafen Mercy. *Leipzig*, 1866 ; in-8, br. 10 fr.

Fac-similés d'écriture.

**525. Arreat** (Lucien). Psychologie du Peintre. *Paris, F. Alcan*, 1882 ; in-8, br. 3 fr.

**526. Art de la Verrerie** de Meri, Merret et Kunckel auquel on a

Achat de Bibliothèques

ajouté le sol sine Veste d'Orschall. *Paris, Durand*, 1752 ; in-4, veau. 20 fr.

Frontispice et planches.

**527. Art-Journal** (The). *London, James S. Virtue*, 1858-1875 ; 13 vol. in-4, demi-rel. dos et coins de mar. vert, dos orné, tr. dor. 100 fr.

Années 1858 à 1866 et années 1872 à 1875 seules, de cette publication illustrée de nombreuses planches gravées sur acier.

**528. Artiste** (L'), Journal de la Littérature et des Beaux-Arts. *Paris, aux bureaux de l'Artiste*, 1839-1841 ; 8 vol. in-4, cart., *non rognés*. 150 fr.

Collection complète de la DEUXIÈME SÉRIE de cette belle, célèbre et très artistique publication. Son illustration : lithographies, tailles-douces et eaux-fortes, comprend : Tome I⁼ʳ, 49 pl. — Tome II, 33 pl. — Tome III, 32 pl. — Tome IV, 36 pl. — Tome V, 50 pl. — Tome VI, 44 pl. Tome VII, 50 pl. — Tome VIII, 46 pl. Soit ensemble 340 planches.
Fortes taches de rousseur dans plusieurs volumes.

**529. Artiste** (L'), journal de la Littérature et des Beaux-Arts. *Paris, aux bureaux de l'Artiste*, 1839 ; 4 vol. in-4, demi-rel. chagr. vert. 50 fr.

DEUXIÈME SÉRIE.
Les quatre premiers volumes seuls (sur 8) renfermant : Tome I⁼ʳ, 49 pl. — Tome II, 33 pl. — Tome III, 32 pl. — Tome IV, 35 pl. (Manque 1 pl. et le titre). Ensemble 149 planches.
Quelques taches de rousseur.

**530. Artiste** (L'). Beaux-Arts et Belles-Lettres. *Paris, bureaux de l'Artiste*, 1842-1844 ; 5 vol. in-4, cart. et demi-rel. chagr. brun. 50 fr.

TROISIÈME SÉRIE complète.
Tome I⁼ʳ, 46 pl. (la 43ᵉ manque). Tome II, 43 pl. — Tome III, 45 pl. — Tome IV, 49 pl. — Tome V, 34 pl., 1 fac-similé et 1 pl. de musique. Ens. 219 pl. Les 4 premiers volumes sont cartonnés et le dernier en demi-chagrin brun. Celui-ci a quelques taches de rousseur.

**531. L'Artiste.** Beaux-Arts et Belles-Lettres. *Paris, aux bureaux de l'Artiste et F. Sartorius*, 1844-1848; 11 vol. in-4, demi-rel. chagrin brun. 80 fr.

QUATRIÈME SÉRIE. Onze volumes (sur 13) ainsi illustrés : Tome I⁼ʳ, 32 pl., facsimilé et musique gr. — Tome II, 32 pl. et musique. — Tome III, 33 pl. — Tome IV, 48 pl. — Tome V, 35 pl. — Tome VI, 28 pl. — Tome VII, 30 pl. et musique. — Tome VIII, 29 pl. — Tome IX, 26 pl. — Tome X, 28 pl. — Tome XI, 30 pl. Ensemble 351 planches. Quelques taches de rousseur.

**532. L'Artiste.** Revue de Paris. Ve série. Rédacteur en chef : Arsène Houssaye. *Paris*, 1848-1856 ; 16 vol. in-4, demi-rel. chagr. rouge, et en livraisons. 150 fr.

Collection comprenant les 16 volumes de la CINQUIÈME SÉRIE avec la totalité des 567 planches lithographiées, en taille-douce ou à l'eau-forte qui l'illustrent et qui sont ainsi réparties : Tome I⁼ʳ, 31 pl. — Tome II, 41 pl. — Tome III, 40 pl. — Tome IV, 42 pl. — Tome V, 48 pl. — Tome VI, 36 pl. (le front. manque). — Tome VIII, 36 pl. — Tome IX, 36 pl. — Tome X, 37 pl. — Tome XI, 36 pl. — Tome XII, 34 pl. — Tome XIII, 29 pl. — Tome XIV, 26 pl. — Tome XV, 23 pl. — et Tome XVI, 36 pl.
Les 3 derniers volumes sont en livraisons et n'ont pas leurs titres.

**533. L'Artiste.** Nouvelle série. *Paris, aux bureaux de l'Artiste*, 1857-1861 ; 12 vol. in 4, br., en livraisons et demi-rel. 80 fr.

Cette nouvelle série forme la SEPTIÈME de la collection. Tome I⁼ʳ, 26 pl. — Tome II, 17 pl. (ces 2 tomes sont réunis en un vol. demi-rel. chagr.). — Tome III, 20 pl. (manque la 14ᵉ). — Tome IV, 17 pl. — Tome V, 18 pl. — Tome VI, 18 pl. (manque les 16ᵉ, 17ᵉ et 18ᵉ). — Tome VII, 22 pl. — Tome VIII, 29 pl. (légères déchirures aux derniers ff.). — Tome IX, 33 pl. — Tome X, 36 pl. (manque la 26ᵉ). — Tome XI, (manque les 14ᵉ et 20ᵉ). — Tome XII, 36 pl. Ensemble 301 planches sur 308 que comprend la totalité de cette série.

**534. Audiger** (G.). Souvenirs et anecdotes sur les Comités révolutionnaires 1793-1795. *Paris, Delaunay*, 1830 ; in-8, br. 3 fr. 50

**535. Audin.** Histoire de la vie, des écrits et des doctrines de Martin Luther. *Paris, Maison*, 1839 ; 2 vol. in-8, portr., demi-rel. veau vert. 6 fr.

**536. Aurelle de Paladines** (Gᵃˡ d'). Campagne de 1870-1871. La première Armée de la Loire. *Paris, Plon*, 1872 ; in-8, br. 3 fr. 50

**537. Bailly.** Mémoires de Bailly avec une notice sur sa vie, des notes et des éclaircissemens historiques par MM. Berville et Barrière. *Paris, Baudouin*, 1821-1822 ; 3 vol. in-8, br. 12 fr.

**538. Barbaroux** (Charles). Mémoires inédits de Charles Barbaroux, Député à la Convention Nationale, avec une notice sur sa vie, par M. Ogé Barbaroux, son fils, et des éclaircissements historiques, par MM. Berville et Barrière. *Paris, Baudouin*, 1822 ; in-8, br. 4 fr.

**539. Bareith** (la margrave de). Mé-

**Et de Livres anciens et modernes**

moires de Frédérique Sophie Wilhelmine de Prusse, margrave de Bareith, sœur de Frédéric-le-Grand; écrits de sa main. *Paris, Buisson,* 1811; 2 vol. in-8, demi-rel. bas. 10 fr.

540. **Barrère**. Conduite des princes de la maison de Bourbon durant la Révolution, l'Emigration et le Consulat (1790 à 1805). *Paris, Tenon,* 1835 ; in-8, br.     4 fr.

 Fac-similés d'écriture.

541. **Barthélemy**. Douze Journées de la Révolution, poëmes par Barthélemy. *Paris, Perrotin,* 1835; in-8, br., couv.     10 fr.

 12 gravures de *Raffet* gravées à l'eau-forte par *Frilley.*

542. **Barthélemy**. Némésis. Quatrième édition. *Paris, Perrotin,* 1835 ; 2 vol. in-8, br., couv. 15 fr.

 Quatrième édition, ornée d'un frontispice sur Chine et de 15 gravures en taille-douce d'après les dessins de *Raffet.*

543. **Barthélemy** et **Méry**. Némésis de la Restauration. *Paris, Perrotin,* 1839 ; in-8, br., couv. 6 fr.

 Portraits gravés à l'eau-forte par *Torlet.*

544. **Batjin** (N.). Histoire complète de la noblesse de France, depuis 1789 jusque vers l'année 1862. *Paris, Dentu,* 1862 ; in-8, br.   7 fr.

545. **Beauchamp** (Alph. de). Mémoires secrets et inédits pour servir à l'histoire contemporaine, recueillis et mis en ordre par M. Alph. de Beauchamp. *Paris, Vernarel,* 1825 ; 2 vol. in-8, br.     7 fr.

546. **Belloy** (Marquis de). Christophe Colomb et la découverte du Nouveau-Monde. *Paris, Ducrocq,* s. d. (1865); in-4, br., couv. ill. 8 fr.

 Belles illustrations de *Léopold Flameng.*

547. **Berington**. Histoire littéraire du Moyen-Âge, traduite de l'anglais (par Ant.-Marie-Henri Boulard). *Paris,* 1814-1822 ; 7 tomes en 2 vol. in-8, demi-rel. veau fauve. 15 fr.

548. **Bernard**. Œuvres de Bernard, ornées d'une gravure d'après Prudhon. *Paris, Janet et Cotelle,* 1823; in-8, br.     6 fr.

 Frontispice de *Prudhon,* gravé par *Roger.*

549. **Bertrand de Molleville**. Histoire de la Révolution de France pendant les dernières années du rè-

gne de Louis XVI. *Paris, Giguet, an IX-an XI* (1801-1803) ; 14 vol. in-8, demi-rel. veau, dos orné, éb.     50 fr.

 Ouvrage des plus intéressants pour l'histoire de la Révolution.

550. **Bertrand de Molleville**. Mémoires secrets pour servir à l'histoire de la dernière année du règne de Louis XVI, Roi de France. *Londres, Cadell,* 1797 ; 3 vol. in-8, br.     10 fr.

551. **Besenval** (Baron de). Mémoires du Baron de Besenval, avec une notice sur sa vie, des notes et des éclaircissements historiques par MM. Berville et Barrière. *Paris, Baudouin,* 1821; 2 vol. in-8, br. 6 fr.

552. **Biard** (F.). Deux années au Brésil. *Paris, Hachette,* 1862 ; gr. in-8, br.     12 fr.

 Ouvrage illustré de 180 vignettes dessinées par *E. Riou* d'après les croquis de *Biard.*

553. **Bibliothèque historique,** ou recueil de matériaux pour servir à l'histoire du temps (par Chevallier, Regnaud et Cauchois-Lemaire). *Paris,* 1810-1820 ; 14 vol. in-8, br.     60 fr.

 Publication d'une nature toute spéciale et d'un vif intérêt, qui s'était donné pour mission de recueillir sur tous les points de la France et de publier les faits et gestes de la réaction royaliste, et qui la remplit avec beaucoup de courage. (*Hatin,* Bibliographie de la Presse, p. 337.)

554. **Blanchard** (Émile). Métamorphoses, mœurs et instincts des insectes. *Paris, Germer-Baillière,* 1868 ; in-8, demi-rel. chagr. La Vallière, dos orné, plats toile, tr. dor.     12 fr.

 Ouvrage illustré de 200 figures intercalées dans le texte et de 40 planches tirées à part.

555. **Blaze** (Elzéar). Le Chasseur aux filets, ou la chasse des dames, contenant les habitudes, les ruses des petits oiseaux, l'art de les prendre, de les nourrir et de les faire chanter. *Paris, E. Blaze,* 1839 ; in-8, br.     8 fr.

 4 planches en taille-douce.

556. **Boileau**. Œuvres. Nouvelle édition, avec des éclaircissements historiques donnés par lui-même, rédigés par M. Brossette, augmen-

tées de plusieurs pièces, avec des remarques par M. de Saint-Marc. *Amsterdam, D.-J. Changuion,* 1772 ; 5 vol. in-8, front., demi-rel. mar. rouge, tête dor., *non rognés.* 25 fr.

557. **Boileau.** Œuvres. Texte de 1701 avec notice, notes et variantes par Alph. Pauly. *Paris, Lemerre,* 1875 ; 2 vol. in-18, portr., demi-rel. dos et coins de mar. violet, tête dor., *non rogné.* 8 fr.

PAPIER VERGÉ.

558. **Bonarelli** (G. de). Filli di Sciro favola pastorale. *Ferrara, Baldini,* 1607 ; in-4, vélin. 20 fr.

PREMIÈRE ÉDITION illustrée d'un frontispice et de 4 figures de *Valleyio.*
Rare. — Fortes mouillures.

559. **Bonnart** (Médard). Histoire de Médard Bonnart, capitaine de gendarmerie en retraite. *Epernai, V°° Fiévet,* 1828 ; in-8, br. 8 fr.

Portraits, figures et fac-similés d'écriture.

560. **Bosc** (Ernest). Traité des constructions rurales. *Paris, V°° A. Morel,* 1875 ; gr. in-8, fig., br. 6 fr.

561. **Bossuet.** Œuvres choisies de Bossuet, évêque de Meaux, revues sur les manuscrits originaux, et les éditions les plus correctes. *Versailles, impr. de J.-A. Lebel,* 1821-1823 ; 26 vol. in-8. — Histoire de Bossuet, par M. le cardinal de Bausset. *Versailles,* 1821 ; 4 vol. in-8. Ens. 30 vol. in-8, cart., *non rognés.* 45 fr.

562. **Bouillé** (Marquis de). Mémoires du marquis de Bouillé, Lieutenant-général des armées du Roi, avec une notice sur sa vie, des notes et des éclaircissements historiques par MM. Berville et Barrière. *Paris, Baudouin,* 1821 ; in-8, br. 4 fr.

563. **Bouilly** (J.-N.). Mes Récapitulations. *Paris, Janet, s. d.* ; 3 vol. in-8, demi-rel. chagr. vert. 18 fr.

Jolis portraits gravés sur acier, ajoutés.

564. **Boulainvilliers** (Comte de). Essais sur la Noblesse de France, contenans une dissertation sur son origine et abaissement par feu le C. de Boullainvilliers. *Amsterdam,* 1732 ; pet. in-8, veau. 12 fr.

On a ajouté les cartons des pp. 53, 67,

73, 181 et 203 qui renferment les suppressions faites dans la plupart des exemplaires.

565. **Bouquet** (Dom Martin). RECUEIL DES HISTORIENS DES GAULES et de la France, contenant tout ce qui a été fait par les Gaulois et qui s'est passé dans les Gaules avant l'arrivée des François ; et plusieurs autres choses qui regardent les François depuis leur origine jusqu'à Clovis. *A Paris, aux dépens des libraires associés,* 1738-1876 ; 23 vol. in-fol., dont 10 en demi-rel. mar. brun, tête dor., *non rognés,* et les 13 autres en veau marbr., dos orné, tr. rouge. 800 fr.

Bel exemplaire d'un ouvrage rarement complet.
Les 13 premiers volumes sont aux armes royales.

566. **Bouquet** (Dom). Recueil des historiens des Gaules et de la France. *Paris,* 1737-1708 ; 15 vol. in-fol., veau et cart., *non rognés.* 300 fr.

Le tome 13 a un feuillet manuscrit.

567. **Bourbon-Conti** (Stéphanie-Louise). Mémoires historiques écrits par elle-même. *Paris, an VI,* (1798) ; 2 vol. in-8, br. 8 fr.

568. **Bresson** (Jacques). Histoire financière de la France depuis l'origine de la monarchie jusqu'à l'année 1728. *Paris, Dauvin et Fontaine,* 1843 ; 2 vol. in-8, br. 7 fr.

569. **Breton de la Martinière.** La Chine en miniature, ou choix de costumes, arts et métiers de cet empire. *Paris, Nepveu,* 1811 ; 4 vol. in-12 —. Coup-d'œil sur la Chine ou nouveau choix de costumes, arts et métiers de cet empire. *Paris, Nepveu,* 1812 ; 2 vol. in-12. Ens. 6 vol. in-12, veau, dos orné, dent. **25 fr.**

Ouvrage orné de 4 frontispices et de 103 gravures en couleurs.

570. **Breton de la Martinière.** La Russie, ou mœurs, usages et costumes des habitans de toutes les provinces de cet empire. *Paris, Nepveu,* 1813 ; 6 vol. in-12, veau granit, dos orné. 25 fr.

Ouvrage orné de 111 planches en couleurs, représentant plus de 200 sujets d'après les dessins de *Damame-Demartrait* et de *Ker-Porter.*

**Et de Livres anciens et modernes**

571. **Brienne** (Louis-Henri de Lo-
ménie, comte de). Mémoires inédits publiés sur les manuscrits autographes par F. Barrière. Seconde
édition. *Paris, Ponthieu,* 1828 ; 2
vol. in-8, br. .          6 fr.

572. **Brispot** (l'abbé). La Vie de N.
S. Jésus-Christ écrite par les quatre
Evangélistes, coordonnée, expliquée
et développée par les SS. pères, les
docteurs et les orateurs les plus
célèbres et les hommes les plus
éminents qui aient paru dans l'é-
glise. *Paris, Pilon,* 1853 ; 2 vol.
in-fol., front., demi-rel. chagr.
brun.          20 fr.

Ouvrage illustré de 130 gravures sur
acier de *Rouargue,* tirées sur papier de
Chine.

573. **Brissot.** Mémoires de Brissot
sur ses contemporains, et la Révolution française, publiés par son
fils ; avec des notes et des éclaircissemens historiques par M. de
Montrol. *Paris, Ladvocat,* 1830-
1832 ; 4 vol. in-8, br.     15 fr.

574. **Brunet** (Jacq.-Ch.). Manuel du
libraire et de l'Amateur de Livres.
Quatrième édition entièrement revue par l'auteur. *Paris,* 1842-1844;
5 vol. in-8, br.        45 fr.

575 **Brunet** (Romuald). Traité d'es-
crime, pointe et contre-pointe.
*Paris, Rouveyre,* 1884 ; in-12, fig.,
br.          3 fr.

576. **Bruys d'Ouilly** (Léon). Thé-
rèse, roman en vers précédé d'une
épitre inédite par M. Alphonse de
Lamartine. *Paris, Bohaire,* 1836 ;
in-8, demi-rel. dos et coins de chagrin vert, dos orné, tête dor., *non
rogné.*          4 fr.

Envoi autographe de l'auteur.

577. **Bulletin** décadaire de la République française. *Vendemiaire —
Fructidor an VII* (1800) ; 2 vol.
in-8, demi-rel. vélin.     12 fr.

Recueil renfermant les 36 numéros de
l'an VII.

578. **Bulliard.** HERBIER DE LA
FRANCE. Histoire des plantes véné-
neuses et suspectes de la France.
— Histoire des Champignons de la
France, ou traité alimentaire renfermant dans un ordre méthodique
les descriptions et les figures des
champignons qui croissent natu-

rellement en France. *Paris, l'auteur,* 1784-1791 ; in-fol. Ens. 6 vol.
in-fol., veau marbré et cart. 550 fr.

600 planches coloriées.

579. **Burke** (Edmond). Réflexions
sur la Révolution de France, et sur
les procédés de certaines sociétés
à Londres, relatifs à cet événement.
Traduit de l'anglais (par Dupont).
Quatrième édition. *Paris, Laurent,*
(1790) ; in-8, bas.      15 fr.

Sur le faux-titre, on lit cette note ms.
signée Magdelaine : « Ce livre m'a été
donné à Dôle le 20 mai 1792, par mon frère
aîné. Sur la fin de l'année 1792 et pendant
les années 1793, 1794, 1795, j'ai été forcé
de cacher ce volume. Si pendant ces années de terreur et d'exécrable mémoire,
cet ouvrage renfermant les plus saines
maximes, avait été trouvé chez moi par les
soi-disant patriotes, cela eût été plus que
suffisant pour me faire traduire devant
les tribunaux révolutionnaires et conduire
à la guillotine aux cris de Vive la République ».
Piqûre de vers et raccommodage aux
derniers ff.

580. **Buzot.** Mémoire sur la Révo-
luttion française, précédés d'un
précis de la vie de Buzot et de recherches historiques sur les Giron-
dins pa M. Guadet. *Paris, Béchet,*
1823 ; in-8, br.         3 fr.

581. **Caillot** (A.). Mémoires pour
servir à l'histoire des mœurs et
usages des Français. *Paris, Dauvin,* 1827 ; 2 vol. in-8, fig., br. 10 fr.

582. **Calmet** (Dom Augustin). Dictionnaire historique, critique, chronologique, géographique et littéral
de la Bible. Enrichi de plus de 300
figures en taille-douce qui repré-
sentent les Antiquitez judaïques.
Nouvelle édition revue, corrigée et
augmentée. *Paris, Emery,* 1730 ;
4 vol. in-fol., veau.     60 fr.

Ouvrage très estimé.

583. **Calonne.** De l'État de la France,
présent et à venir. Nouvelle édition
corrigée et augmentée par l'auteur.
*Londres,* 1790 ; in-8, br. '   3 fr.

Plusieurs ff. défectueux.

584. **Campan** (Mme). Mémoires sur
sur la vie privée de Marie-Antoinette, reine de France et de Navarre ; suivis de souvenirs et anecdotes historiques sur les règnes de
Louis XIV, de Louis XV et de
Louis XVI. *Paris, Mongie et Bau-*

*douin*, 1823 ; 3 vol. in-8, portr., demi-rel. bas. 15 fr.

**585. Carra.** M. de Calonne tout entier, tel qu'il s'est comporté dans l'administration des finances, dans son commissariat en Bretagne. *Bruxelles*, 1788 ; in-8, br. 4 fr.

**586. Catalogue** des livres composant la bibliothèque poétique de M. Viollet-le-Duc, avec des notes bibliographiques, biographique et littéraires. Chansons, fabliaux, contes en vers et en prose. *Paris, J. Flot*, 1847 ; in-8, demi-rel. veau gris, dos orné. 7 fr.

Notes bibliographiques pleines d'érudition et d'aperçus ingénieux.

**587. Catulle, Tibulle et Gallus.** Traduction en prose par l'auteur des Soirées helvetiennes (le marquis de Pezay). *Paris, Delalain*, 1771 ; 2 vol. in-8, front., br. 15 fr.

Frontispice d'*Eisen* gravé par *de Longueil*.

**588. Cazotte.** Le Diable amoureux, roman fantastique, précédé de sa vie, de son procès et de ses prophéties et révélations, par Gérard de Nerval. *Paris, L. Ganivet*, 1845 ; in-8, cart. toile, éb. 8 fr.

Portrait et 200 illustrations par *Edouard de Beaumont*.

**589. Censeur** (Le), ou examen des actes et des ouvrages qui tendent à détruire ou à consolider la constitution de l'Etat, par M. Comte [et Dunoyer]. *Paris, Marchant*, 1814-1815 ; 6 vol. — Le Censeur européen, ou examen de diverses questions de droit publié par MM. Comte et Dunoyer. *Paris*, 1817-1818 ; 8 vol. Ens. 14 vol. in-8, br. 50 fr.

Cette collection est extrêmement rare à rencontrer complète. La 1ʳᵉ série comporte 7 vol. et la 2ᵉ 12. sur lesquels nous n'avons que les tomes 1 à 6 de la 1ʳᵉ série et les tomes 1 à 8 de la seconde.

**590. Cerfberr** (A.) et **Christophe**. Répertoire de la Comédie humaine de H. de Balzac avec une introduction de P. Bourget. *Paris, C. Lévy*, 1887 ; in-8, br. 8 fr.

Exemplaire sur grand PAPIER DE HOLLANDE (tiré à 40).

**591. Chalmel** (J.-L.). Tablettes chronologiques de l'histoire civile et ecclésiastique de Touraine suivies de mélanges historiques relatifs à la même province. *Tours, Letourmy*, 1818 ; in-8, demi-rel. veau, *non rogné*. 20 fr.

Exemplaire sur papier bleu, *non coupé*.

**592. Chambord** (Comte de). Recueil de Pièces relatives à Henri-Charles-Ferdinand-Marie-Dieudonné d'Artois, duc de Bordeaux, comte de Chambord. *Paris*, 1825-1840. En un vol. in-8, demi-rel. 10 fr.

*Alfr. Nettement*. Point de vue providentiel de l'histoire de Henri de Bourbon, 1840. — Vie anecdotique du duc de Bordeaux, 1832. — Pensées d'un bon Roi, 1825. — *Th. Muret*. Vie populaire de Henri de France, 1840. — *Montbel*. Dernière époque de l'histoire de Charles X.

**593. Chardon de la Rochette.** Mélanges de critique et de philologie. *Paris, d'Hautel*, 1812 ; 3 vol. in-8, cart., *non rognés*. 8 fr.

**594. Château** (le) des Tuileries ou récits de ce qui s'est passé dans l'intérieur de ce palais, depuis sa construction jusqu'au 18 brumaire de l'an VII. Par P. J. A. R. D. E. (Pierre-Joseph-Alexis Roussel, d'Epinal). *Paris, Lerouge*, 1802 ; 2 vol. in-8, front., demi-rel. veau. 9 fr.

**595. Chef-d'œuvres** politiques et littéraires de la fin du XVIIIᵉ siècle ou choix des productions les plus piquantes que les lumières et le ridicule, la philosophie, etc., ont fait éclore dans cette époque intéressante. *S. l.*, 1788 ; 3 vol. in-8, demi-rel. bas. 18 fr.

On trouve dans le premier volume un curieux calendrier où figurent à la place des saints, les noms de personnages célèbres de toutes les nations.

**596. Chénier.** Recherches historiques sur les Maures et histoire de l'empire de Maroc, par M. de Chénier, chargé des affaires du roi auprès de l'empereur de Maroc. *Paris, Bailly*, 1787 ; 3 vol. in-8, demi-rel. dos et coins de bas. 12 fr.

**597. Chevigni** (de). La Science des personnes de la Cour, de l'épée et de la robe. Ouvrage tout nouveau, augmenté dans cette nouvelle édition de divers traités, par M. de Limiers. *Paris, Lottin*, 1725 ; 4 vol. in-12, veau. 12 fr.

Ouvrage orné de nombreuses planches en taille-douce.

**Et de Livres anciens et modernes**

598. **Choiseul** (Duc de). Relation du départ de Louis XVI, le 20 Juin 1791, écrite en Août 1791, dans la prison de la haute cour nationale d'Orléans. *Paris, Baudouin,* 1822; in-8, br. 4 fr.

599. **Chomel** (J.). Abrégé de l'histoire des Plantes usuelles, dans lequel on donne leurs noms différens, tant français que latins. Quatrième édition, revuë et corrigée. *Paris, J. Clouzier,* 1730 ; 3 vol. in-12, veau fauve, dos orné (*Rel. anc.*). 50 fr.

Aux armes de Louise-Adélaïde d'Orléans, abbesse de Chelles, fille du Régent.

600. **Chronique** (La) scandaleuse, ou Mémoires pour servir à l'histoire de la génération présente. *Paris, dans un coin où l'on voit tout,* 1785-1791 ; 5 tomes en 3 vol. in-12, demi-rel. bas. 35 fr.

Rare collection d'anecdotes rédigées par G. Imbert et autres.

601. **Cirot de la Ville.** Origines chrétiennes de Bordeaux ou histoire et description de l'église de Saint-Surin. *Bordeaux,* 1867 ; in-4, demi-rel. mar. violet, tête jaspée, *non rogné.* 25 fr.

Nombreuses planches.

602. **Classiques** (Les) de la Table. Petite Bibliothèque des Ecrits les plus distingués publiés à Paris sur la Gastronomie et la Vie élégante. *Paris, Dépôt de la librairie, s. d.* (1851); 2 vol. pet. in-8, tête dor., éb. 20 fr.

Portraits et vignettes sur acier, eaux-fortes, lithographies d'après *Paul Delaroche, Ary Scheffer, Alfr.* et *Tony Johannot, Isabey, Gavarni, Charlet,* etc.

603. **Clermont-Gallerande** (Marquis de). Mémoires particuliers pour servir à l'histoire de la Révolution qui s'est opérée en France en 1789. *Paris, Dentu,* 1826 ; 3 vol. in-8, fac-similé, demi-rel. chagr. vert, dos orné. 20 fr.

604. **Coligny-Saligny** et marquis de **Villette**. Mémoires. *Paris, Renouard,* 1841-1844 ; in-8, br. 4 fr.

De la collection des Mémoires de la Société de l'histoire de France.

605. **Collin de Paradis** (Félix). Nobiliaire de Lorraine et Barrois ou dictionnaire des familles anoblies, d'après l'armorial de dom Pelletier. *Nancy,* 1878 ; gr. in-8, br. 6 fr.

Envoi d'auteur.

606. **Commissionnaire** (Le) de la ligne d'Outre-Rhin ou le messager nocturne, contenant l'histoire de l'émigration française, les aventures galantes et politiques arrivées aux chevaliers françois et à leurs dames dans les pays étrangers, par un Français qui fait sa confession générale et qui rentre dans sa patrie (le Général Fr.-Amédée Doppet). *Paris, Buisson,* 1792 ; in-8, cart. 10 fr.

607. **Congrès** international des Orientalistes. Compte-rendu de la première session. *Paris, Maisonneuve,* 1874-1878 ; 3 vol. in-8, cart. et *brochés.* 25 fr.

Papier vergé. — Figures en noir et en couleur.

608. **Corcelle** (François de). Documens pour servir à l'histoire des Conspirations, des partis et des sectes. *Paris, Paulin,* 1831 ; in-8, br. 4 fr.

609. **Corps** d'observations de la Société d'agriculture, de commerce et des arts, établie par les Etats de Bretagne. *Paris, Vve de B. Brunet,* 1760-1762 ; 2 vol. in-8, veau, dos orné. 12 fr.

Années 1757, 1758, 1759 et 1760. Exemplaire aux armes de la province de Bretagne.

610. **Correspondance Condéenne,** précédée d'une notice sur l'armée de Condé, de quelques lettres et proclamations des princes français pendant leur émigration. *Paris, Pihan-Delaforest,* 1829; in-8, br. 3 fr.

611. .**Correspondance originale** des émigrés ou les émigrés peints par eux-mêmes (publiée par A. Rousselin). *Paris, Buisson,* 1793 ; in-8, br. 4 fr.

612. **Correspondance secrète** de Charette, Stofflet, Puisaye, Cormatin, d'Autichamp, Bernier, Frotté, Scépeaux, Botherel ; du Prétendant, du ci-devant comte d'Artois, de leurs ministres et agens. *Paris, Buisson,* 1799 ; 2 vol. in-8, portr., br. 12 fr.

613. **Coste** (Pascal). Monuments modernes de la Perse, mesurés, des-

sinés et décrits par P. Coste. *Paris, Morel*, 1867 ; in-fol., demi-rel. dos et coins de chagr., dos orné, tête dor., *non rogné*.     90 fr.

71 planches montées sur onglets.

**614. Courcy** (Ch. de). Les Histoires du Café de Paris. *Paris, Michel Lévy*, 1861 ; in-12, chagr. vert, tête dor., *non rogné*.     10 fr.

Lettre autographe et portrait photographique de l'auteur ajoutés.

**615. Courier** (Paul-Louis). Collection complète des pamphlets politiques et opuscules littéraires. *Bruxelles*, 1827 ; in-8, br.     4 fr.

**616. Courson** (Aurélien de). Histoire des peuples Bretons, dans la Gaule et dans les iles Britanniques. Langue, coutumes, mœurs et institutions. *Paris, Furne et Bourdin*, 1846 ; 2 vol. gr. in-8, br.    10 fr.

**617. Crimes** (les) constitutionnels de France ou la désolation française, décrétée par l'Assemblée dite Nationale Constituante aux années 1789, 1790, 1791. Acceptée par l'esclave Louis XVI, le 14 septembre 1791. *Paris, Lepetit*, 1792 ; in-8, br. 8 fr.

Très curieux frontispice.

**618. Daly** (César). L'Architecture privée au XIXᵉ siècle. 2ᵉ série. Nouvelles maisons de Paris et des environs. *Paris, Ducher*, 1872 ; 3 vol. in-fol., en cartons.     100 fr.

110 planches.

**619. Dandré-Bardon**. Traité de Peinture, suivi d'un essai sur la sculpture, pour servir d'introduction à une histoire universelle, relative à ces Beaux-Arts. *Paris, Desaint*, 1765 ; 2 vol. in-12, cart., *non rognés*.     10 fr.

**620. Dangeau** (Marquis de). Abrégé des Mémoires ou journal du Marquis de Dangeau extraits du manuscrit original, avec des notes historiques et critiques et un abrégé de l'histoire de la Régence, par Mᵐᵉ de Genlis. *Paris, Treuttel et Würtz*, 1817 ; 4 vol. in-8, br. 12 fr.

**621. Danican** (Auguste). Les Brigands démasqués ou mémoire pour servir à l'histoire du temps présent.

*Londres, J. Deboffe*, 1776 ; in-8, portr., br.     12 fr.

Curieux portrait de Barras ayant une guillotine pour armoiries. Piqûres de vers.

**622. Dareste de la Chavanne**. Histoire de l'administration en France et des progrès du pouvoir royal, depuis le règne de Philippe-Auguste, jusqu'à la mort de Louis XIV. *Paris, Guillaumin*, 1848 ; 2 vol. in-8, br.     8 fr.

**623. Dareste de la Chavanne**. Histoire des Classes agricoles en France depuis Saint Louis jusqu'à Louis XVI. *Paris, Guillaumin*, 1854 ; in-8, br.     3 fr.

**624. Daudet** (Mᵐᵉ Alph.). Œuvres de Madame A. Daudet, 1878-1889. L'Enfance d'une Parisienne. — Enfants et Mères. *Paris, Alphonse Lemerre*, 1892 ; pet. in-12, portr., broché.     12 fr.

L'un des 5 exemplaires sur PAPIER WHATMAN.

**625. Dazincourt**. Mémoires de Dazincourt, comédien sociétaire du Théâtre-Français, etc. *Paris, Farre*, 1810 ; in-8, portr., br.     5 fr.

Très beau portrait de l'auteur gravé par de Launay.

**626. Debure** (Guill.). Bibliographie instructive ou traité de la connoissance des livres rares et singuliers. *Paris, G.-Fr. Debure*, 1763-1769 ; 9 vol. in-8, veau marbré, dos orné (*Rel. anc.*).     50 fr.

Bel exemplaire. Les tomes VIII et IX sont formés par le catalogue de la bibliothèque de Gaignat (avec prix mss.).

**627. Debure** (Guill.). Bibliographie instructive, ou traité de la connoissance des livres rares et singuliers. *Paris, Debure*, 1763-1768 ; 7 vol. in-8, veau dos orné (*Rel. anc.*). 25 fr.

Bon exemplaire de cet ouvrage réputé de bibliographie.

**628. Debure** (Guill.). Catalogue des livres de la Bibliothèque de feu M. le duc de la Vallière. *Paris, Guill. Debure fils*, 1783 ; 3 vol. in-8, portr., demi-rel. veau fauve, *non rogn.* 25 fr.

**629. Dedon** (Général). Précis historique des Campagnes de l'armée du Rhin et Moselle, pendant l'an IV et l'an V, contenant le récit de toutes les opérations de cette armée sous le commandement du gé-

**Et de Livres anciens et modernes**

néral Moreau. *Paris, Magimel* (1798); in-8, bas.    7 fr.

On a relié à la suite: Relation du passage du Rhin, avec une carte du cours de ce fleuve.

630. **Delavigne** (Casimir). Messéniennes et poésies diverses. *Paris, Furne,* 1833; 5 vol. in-8, demi-rel. dos et coins de veau fauve, dos orné, tr. dor., *non rognés.*    35 fr.

Portrait de l'auteur et 9 figures sur acier par *Johannot.*
Bel exemplaire.

631. **Délices** (Les) de l'Italie, contenant une description exacte du païs, des principales villes, de toutes les antiquités, et de toutes les raretés qui s'y trouvent. *Paris, J. et M. Guignard,* 1707; 4 vol. in-12, bas. 10 fr.

Ouvrage enrichi de 4 frontispices et d'un très grand nombre de figures en taille-douce.

632. **Délices** (Les) de la Hollande, contenant une description exacte du païs, des mœurs et des coutumes des habitans : avec un abrégé historique depuis l'établissement de la République jusques à l'an 1710. Ouvrage nouveau sur le plan de l'ancien. *La Haye, Van Dole,* 1710 ; 2 vol. in-12, bas.    8 fr.

Ouvrage orné de deux frontispices et de nombreuses planches tirés en taille-douce.

633. **Délices** (Les) de la Hollande, contenant une description exacte du païs, des mœurs et des coutumes des habitans : un abrégé historique depuis l'établissement de la République jusqu'au de là de la paix d'Utrecht. Nouvelle édition considérablement corrigée et augmentée. *Amsterdam, Mortier,* 1728 ; 2 vol. in-12, front. et fig., bas.    8 fr.

634. **Délices** ou histoire générale des Païs-Bas, contenant la description des XVII provinces. Edition nouvelle, augmentée de plusieurs remarques curieuses, de nouvelles estampes et des évènements les plus remarquables jusqu'à l'an 1743. *Brusselle, Foppens,* 1743; 4 vol. in-12, veau.    15 fr.

Ouvrage orné de 4 frontispices et de nombreuses planches tirés en taille-douce.

635. **Deligny** (Eugène). Les Filles repenties. *Paris, H. Souverain,* 1836; 2 vol. in-8, br., couv.    12 fr.

636. **Denon** (baron). Monuments des arts du dessin chez les peuples tant anciens que modernes pour servir à l'histoire des arts décrits et expliqués, par Amaury-Duval. *Paris, Brunet-Denon,* 1829 ; 4 vol. in-fol. demi-rel. chagr. vert, *non rognés.*    250 fr.

315 planches.

637. **Denon** (Vivant). L'Œuvre originale, Collection de 317 eaux-fortes dessinées et gravées par ce célèbre artiste, réunion formant l'album le plus complet et le plus varié pour l'étude de la gravure à l'eau-forte, avec une notice sur sa vie intime, ses relations et son œuvre, par M. Alb. de La Fizelière. *Paris, A. Barraud,* 1873 ; 2 vol. gr. in-fol., demi-rel. chagr. brun, *non rognés.*    120 fr.

L'un des 48 exemplaires en GRAND PAPIER, contenant le Musée secret.

638. **Denon** (Vivant). Voyage dans la basse et la haute Egypte pendant les campagnes du général Bonaparte. *Paris, impr. de P. Didot,* 1802; 2 vol. in-fol., cart., *non rognés.* 80 fr.

141 planches.

639. **Dermoncourt** (Gal). La Vendée et Madame. *Paris, Guyot,* 1833 ; in-8, front., cart.    7 fr.

Relation de l'insurrection vendéenne de 1832.

640. **Destouches** (Néricault). Œuvres dramatiques. Nouvelle édition, revue, corrigée et augmentée de quatre pièces. *Paris,* 1774 ; 10 vol. in-12, veau marbré, dos orné. 20 fr.

641. **Deyeux**. La Chassomanie, poème, compositions de Alfred de Dreux. Beaune, Forest, Foussereau, Provost, Valerio. *Paris, A. Delahays,* 1856 ; in-8, front., demi-rel. chagr. brun, dos orné.    10 fr.

642. **Dictionnaire historique** des Mœurs, usages et coutumes des François (par Fr. Aubert de La Chesnaye-des-Bois). *Paris, Vincent,* 1767 ; 3 vol. in-8, veau, dos orné (*Rel. anc.*).    15 fr.

643. **Drouineau** (Gustave). Les Ombrages, contes spiritualistes. *Paris, Gosselin,* 1833 ; in-8, mar. brun, tête dor., *non rog.*    9 fr.

Bel exemplaire.

644. **Duboccage** (Mme). La Colombiade ou la Foi portée au nouveau

monde, poème. *Paris, Desaint et Saillant*, 1756 ; in-8, br. 20 fr.

Ouvrage orné d'un portrait par *Mlle Loir*, de 10 figures dessinées et gravées par *Chedel* et de 10 culs-de-lampe non signés.

645. **Du Deffand** (Marquise). Lettres de la Marquise du Deffand à Horace Walpole, depuis Comte d'Orford, écrites dans les années 1766 à 1780, auxquelles sont jointes des lettres de Madame Du Deffand à Voltaire écrites dans les années 1759 à 1775, publiées d'après les originaux déposés à Strawberry-Hill. Nouvelle édition augmentée des extraits des lettres d'Horace Walpole. *Paris, Ponthieu*, 1827 ; 4 vol. in-8, portr., br. 12 fr.

646. **Du Fouilloux** (Jacques). La Vénerie. *Angers, Ch. Lebosse*, 1844 ; in-8, fig., br. 30 fr.

Rare.

647. **Duhamel du Monceau.** Traité des arbres et arbustes que l'on cultive en pleine terre en Europe, et principalement en France ; seconde édition considérablement augmentée (par Veillard, Jeaume Saint-Hilaire, Michel Poiret et Loiseleur-Deslongchamps). *Paris, Roret, (impr. Didot l'aîné)*, 1800-1819 ; 7 vol. in-fol., cart. 400 fr.

500 planches gravées et coloriées d'après les dessins de *Redouté* et *P. Bessa*.

648. **Dumas** (Alexandre). Le Comte de Monte-Cristo. *Paris*, 1846 ; 2 vol. gr. in-8, demi-rel. veau bleu, dos orné. 20 fr.

Illustrations par *Gavarni* et *T. Johannot*.

649. **Dumas** (Alexandre). Les Trois Mousquetaires. *Paris, J.-B. Fellens et L.-P. Dufour*, 1846 ; 2 vol. gr. in-8, demi-rel. veau brun, dos orné. 10 fr.

Nombreuses illustrations sur bois.

650. **Dumont.** Recueil de plusieurs parties d'Architecture de différents maîtres tant d'Italie que de France (*Paris*, 1765) ; in-fol. bas. 50 fr.

Ce recueil comprend : 1. Méthode pour accoupler les colonnes, 12 pl. — Parallèle d'entablement, 12 pl. — 3. Suite de croisées des plus beaux palais de Rome, 10 pl. — 4. Suite de ruines d'architecture, 24 pl. — 5. Divers morceaux d'architecture, 15 pl. — 6. Suite de 6 perspectives et 2 plans. — 7. Trois temples de Pœstum, 7 pl. — 8. Vases, 6 pl. — 9. Parallèle des salles de spectacles d'Italie et de France, 26 pl. Ensemble 113 planches.

651. **Dumont** (Étienne). Souvenirs sur Mirabeau et sur les deux premières assemblées législatives. *Paris, Gosselin*, 1832 ; in-8, portr., fac-similé, br. 4 fr.

652. **Dunoyer** (Mme). Lettres historiques et galantes. Nouvelle édition, considérablement augmentée. *Amsterdam*, 1760 ; 6 tomes en 12 vol. in-12, br. 12 fr.

653. **Dupain de Montesson.** L'Art de lever les plans de tout ce qui a rapport à la guerre et à l'architecture civile et champêtre. *Paris, Jombert*, 1763 ; in-8, veau. 6 fr.

Frontispice gravé par *Chevalier* et 5 planches en taille-douce.

654. **Dupuy Demportes.** Traité historique et moral du Blason, ouvrage rempli de recherches curieuses et instructives. *Paris, Jombert*, 1754 ; 2 vol. in-12, veau. 7 fr.

655. **Du Tertre** (le R. P.). Histoire générale des Antilles habitées par les François. *Paris, Th. Joly*, 1667-1671 ; 4 tomes en 3 vol. in-4, veau gris, dos orné, fil. 120 fr.

Frontispice, planches et cartes. Ouvrage devenu fort rare et très recherché. — Le faux-titre du tome IV manque.

656. **Eloge** de l'Enfer, ouvrage critique, historique et moral. *La Haye, P. Gosse*, 1759 ; 2 vol. in-12, cart. toile, *non rognés*. 15 fr.

Frontispice et curieuses figures de *G. Sibelius*. Cet ouvrage est attribué au libraire Jean-Frédéric Bernard.

657. **Ermite** (l') du faubourg Saint-Honoré (Fortia de Piles) à l'ermite de la Chaussée d'Antin (Jouy). *Paris, Delaunay*, 1814 ; in-8, br. 3 fr.

658. **Essai** sur l'Éducation de la Noblesse par M. le chevalier de ** (Brucourt). Nouvelle édition. *Paris, Durand*, 1748 ; 2 vol. in-12, bas. 5 fr.

Frontispice, vignette sur le titre et en-tête par *Pierre* gravés par *Fessard*.

659. **État** (de l') des partis et des affaires, à l'ouverture de la session de 1819. *Paris, Delaunay*, 1819 ; in-8, br. 3 fr.

**Et de Livres anciens et modernes**

**660. Fabliaux ou Contes,** fables et romans du XII<sup>e</sup> et XIII<sup>e</sup> siècle, traduits ou extraits d'après divers manuscrits du temps (par P.-J.-Bapt. Legrand d'Aussy). *Paris, Onfroy,* 1779-1781 ; 4 vol. in-8, veau.     15 fr.

Le 4<sup>e</sup> vol. est intitulé *Contes dévots.*

**661. Falbaire de Quingey.** Œuvres. *Paris,* 1768-1776 ; 2 vol. in-8, cart. toile.     25 fr.

L'Honnête criminel, drame en 5 actes, 1768, 5 fig. de *Gravelot.* — L'Ecole des mœurs, drame en 5 actes, 1776. — Les Deux Avares, comédie en 2 actes, 1770. Front. de *Gravelot.* — Le Fabricant de Londres, drame en 5 actes, 1771, 5 fig. de *Gravelot.* — Articles imprimés dans l'Encyclopédie.

**662. Fauchet.** Discours de l'abbé Fauchet et autres prononcés en 1789. *Paris,* 1790 ; 5 pièces en un vol. in-8, bas.     25 fr.

*Fauchet.* Trois Discours sur la liberté française. — Motion sur la reconnaissance due aux libérateurs de la Patrie. — Aux vainqueurs de la Bastille. — Eloge de Franklin. — *Vieillard.* Dissertation sur la demande des Juifs de Paris, tendant à être admis au rang de citoyens. — *Pariseau.* Sur la bénédiction des Drapeaux du district S.-Martin, etc.

On a encore relié dans le même vol. *Charles IV ou l'école des rois,* de Marie-Joseph Chénier, 1790. — *Cloris, tragédie nationale,* 1790. — Description de la Confédération nationale du 14 juillet 1790, 3 fasc. avec 3 curieuses figures.

**663. Favart** (C.-S.). Mémoires et correspondance littéraires, dramatiques et anecdotiques, publiés pa. A.-P.-C. Favart, son petit-fils, et précédés d'une notice historique par H.-F. Dumolard. *Paris, L. Collin,* 1808 ; 3 vol. in-8, cart., *non rognés.*     15 fr.

**664. Ferrières** (Marquis de). Mémoires du marquis de Ferrières, avec une notice sur sa vie, des notes et des éclaircissemens historiques par MM. Berville et Barrière. *Paris, Baudouin.* 1821 ; 3 vol. in-8, br.     12 fr.

**665. Festival** (The) of the passions or voluptuous miscellany By Philo Cunnis. *Glenfuckel, foot of Bennard, printed et published by Abdul Mustapha, s. d.* ; 2 vol. in-12, cart.     40 fr.

**666. Feuillide** (G. de). Avant 1789.

Royauté-droits-libertés. *Paris, Dulacq,* 1857 ; in-8, br.     3 fr.

**667. Féval** (Paul). Les Merveilles du Mont Saint-Michel. *Paris, Palmé,* 1881 ; in-8, fig., br.     3 fr.

**668. Fiévée** (J.). Histoire de la session de 1815. *Paris, Le Normant,* 1816 ; in-8, demi-rel. bas.     4 fr.

**669. Fielding.** Tom Jones ou Histoire d'un enfant trouvé. Traduction nouvelle complète (par le Comte de La Bédoyère). *Paris, Firmin Didot,* 1833 ; 4 vol. in-8, br., couv. 30 fr.

12 figures de *Moreau le jeune.*

**670. Flandin** et **Coste.** VOYAGE EN PERSE d'Eug. Flandin, peintre, et Pascal Coste, architecte, attachés à l'ambassade de Perse pendant les années 1840 et 1841. *Paris, Gide et Baudry,* 1853-1854 ; 6 vol. in-fol., demi-rel. dos et coins de mar. rouge, dos orné, ébarbé.     500 fr.

344 planches montées sur onglets.

**671. Flandin** (Eug.). L'Orient. *Paris, Gide et Baudry,* 1853 ; in-fol., demi-rel. chagr. vert.     40 fr.

50 vues lithographiées de Constantinople et de l'Asie-Mineure.

**672. Fleury** (Claude). Les Devoirs des maîtres et des domestiques. *Paris, P. Aubouin,* 1688 ; in-12, veau.     4 fr.

**673. Forster** (Charles de). Quinze ans à Paris (1832-1848). Paris et les Parisiens. *Paris, Didot,* 1848-1849 ; 2 vol. in-8, br.     8 fr.

**674. Francisque-Michel.** Histoire des races maudites de la France et de l'Espagne. *Paris, Franck,* 1847 ; 2 vol. in-8, br., couv.     20 fr.

**675. Fréron.** Mémoire historique sur la réaction royale, et sur les massacres du Midi ; avec les pièces justificatives et augmenté d'éclaircissemens et documens historiques. *Paris, Baudouin,* 1824 ; in-8, br. 3 fr.

**676. Fualdès** (Procès). Mémoires de M<sup>me</sup> Manson, explicatifs de sa conduite dans le procès de l'assassinat de M. Fualdès écrits par elle-même. Septième édition. *Paris, Pillet,* 1818 ; in-8, br.     7 fr.

Portrait et fac-simile d'écriture. D'après Quérard, ces mémoires ont été rédigés par Henri de Latouche sur une lettre de 4 pages écrite par M<sup>me</sup> Manson.

**677. Gail**. Œuvres. *Paris*, 1795-1810 ; 11 vol. in-8, demi-rel. veau. 15 fr.

Traduction des Œuvres de Xénophon, 1795 ; — d'Esope, 1796 ; — de Phèdre, 1796 ; — Anthologie poétique grecque, 1801 ; — Clef d'Homère, 1806. — Essais sur les désinences grecques, latines, françoises, 1808. — Introduction au cours grec ou nouveau choix de Fables d'Esope, 1808 ; — Traduction de l'Histoire de Thucydide, 1808 : 4 tomes en 3 vol., fig. — Nouvelle grammaire grecque, 1810.

**678. Gainet**. La Bible sans la bible ou Histoire de l'ancien et du nouveau Testament par les seuls témoignages profanes. *Bar-le-Duc, L. Guérin,* 1871 : 2 vol. gr. in-8, br. 10 fr.

Nombreuses planches.

**679. Galerie de Dresde**. Recueil d'estampes d'après les plus célèbres tableaux de la Galerie royale de Dresde, avec une inscription en italien et en français. *Dresde,* 1753-1757; 2 parties en 2 vol. gr. in-fol., cart. 250 fr.

Recueil, contenant 101 pièces dont le portrait en pied d'Auguste III, roi de Pologne et électeur de Saxe, gravé par *Balechou* d'après *H. Rigaud*. Belles épreuves.

**680. Galerie** (La) des États-Généraux. *S. l.,* 1789 ; 2 parties. — La Galerie des Dames françoises pour servir de suite à la Galerie des Etats-Généraux. *Londres,* 1790. Ens. 3 tomes en un vol. in-8, demi-rel. 25 fr.

Cet ouvrage, rédigé avec autant de talent que d'impartialité, est dû à la collaboration du marquis de Luchet, du comte de Rivarol, du comte de Mirabeau et de Choderlos de Laclos.

**681. Gaucheraud**. Histoire des comtes de Foix de la 1re race. Gaston III dit Phœbus. *Paris, A. Levavasseur,* 1834; in-8, pl., cart. 8 fr.

**682. Genlis** (Comtesse de). Les Soupers de la Maréchale de Luxembourg. *Paris, Roux,* 1828 ; in-8, br. 6 fr.

**683. Georgel** (abbé). Mémoires pour servir à l'histoire des événements de la fin du XVIIIe siècle depuis 1760 jusqu'en 1806-1810, publiés par M. Georgel, avec la gravure du fameux collier. *Paris, Eymery,* 1820 ; 6 vol. in-8, br. 25 fr.

**684. Georgel** (Alcide). Armorial historique et généalogique des familles de Lorraine, titrées ou confirmées dans leurs titres au XIXe siècle, renfermant les titres impériaux et royaux, les pairs héréditaires, les majorats, ainsi que les généraux, les préfets et les évêques qui commandèrent ou administrèrent cette province. *Elbeuf, l'auteur,* 1882 ; pet. in-fol., br., couv. 40 fr.

Très belle publication illustrée de nombreux blasons et de jolies vignettes gravés sur bois.

**685. Gley** (G. de). Langue et littérature des anciens Francs. *Paris, Michaud,* 1814 ; in-8, demi-rel. veau fauve. 4 fr.

**686. Goguelat** (Baron de). Mémoire de M. le Baron de Goguelat, lieutenant-général, sur les événements relatifs au voyage de Louis XVI à Varennes, suivi d'un précis des tentatives qui ont été faites pour arracher la Reine à la captivité du Temple. *Paris, Baudouin,* 1823 ; in-8, portr., br. 5 fr.

**687. Goube** (J.-J.-C.). Histoire du duché de Normandie. *Rouen, Mégard,* 1815 ; 3 vol. in-8, cartes et gr., br. 15 fr.

**688. Gourcy**. Quel fut l'Etat des personnes en France sous la première et la seconde race de nos rois. *Paris,* 1789. — Précis historique et chronologique sur le Droit romain, traduit de l'anglais d'Alex. Schomberg par Boulard. *Paris,* 1793. Ens. 2 ouvrages en un vol. in-8, demi-rel. veau. 5 fr.

**689. Grille** (F.). Introduction aux mémoires sur la Révolution française, ou tableau comparatif des mandats et pouvoirs donnés par les provinces à leurs députés aux Etats-Généraux de 1789. *Paris, Pichard,* 1825 ; 2 vol. in-8, portr., br. 10 fr.

**690. Grimm**. Nouveaux Mémoires secrets ou inédits, ou chronique curieuse des personnages célèbres qui ont illustré le siècle dernier, suivie de la relation de ses voyages. *Paris, Lerouge-Wolf,* 1834 ; 2 vol. in-8, br. 10 fr.

**691. Gudin** (Paul-Philippe). Contes précédés de recherches sur l'origine des contes ; pour servir à l'histoire de la poésie et des ouvrages d'imagination. *Paris, Dabin,* 1804; 2 vol. in-8, veau, dos orné. 8 fr.

**692. Guépin** et **Bonamy.** Nantes au XIX<sup>e</sup> siècle ; statistique, topographique, industrielle et morale, faisant suite à l'histoire des progrès de Nantes. *Nantes, Sebire,* 1835 ; in-8, demi-rel. veau bleu, dos orné. 10 fr.

> Exemplaire en GRAND PAPIER.
> Envoi d'auteur, plan et nombreuses planches montées sur Chine.

**693. Guerre des Vendéens** et des Chouans contre la République Française, ou Annales des départements de l'ouest pendant ces guerres. Par un officier supérieur des armées de la République, habitant dans la Vendée avant les troubles (Jean-Julien-Michel Savary). *Paris, Baudouin,* 1824-1827 ; 6 vol. in-8, br. 30 fr.

> Rare.

**694. Guillon de Montléon** (Aimé). Mémoires pour servir à l'histoire de la ville de Lyon pendant la Révolution. *Paris, Baudouin,* 1824 ; 2 vol. in-8, br. 10 fr.

> Plan de Lyon pendant le siège de 1793.

**695. Guimar** (Michel). Annales nantaises ou abrégé chronologique de l'histoire de Nantes. *Nantes, an X* (1802); in-8, demi-rel. dos et coins bas. 25 fr.

**696. Guillemin** (Alexandre). Le Patriotisme des volontaires royaux de l'école de droit de Paris. *Paris, A. Egron,* 1822 ; in-8, br. 3 fr.

**697. Guizot.** Mémoires pour servir à l'histoire de mon temps. Troisième édition. *Paris, Michel Lévy,* 1861-1867 ; 8 vol. in-8, br. 30 fr.

**698. Hauréau** (B.). La Montagne. Notices historiques et philosophiques sur les principaux membres de la Montagne, avec leurs portraits gravés à l'eau-forte par Jeanron. *Paris, Bréauté,* 1834 ; in-8, demi-rel. veau, *non rognés.* 12 fr.

> Bel exemplaire.

**699. Hennequin.** Réplique pour les princes de Rohan, contre S. A. R. M<sup>gr</sup> le duc d'Aumale et Madame la baronne de Feuchères. *Paris, G. Warée,* 1832 ; in-8, br. 4 fr.

**700. Héraut** (le) de la Nation sous les auspices de la Patrie (par Man-

gourit). *S. l. (Paris),* 1789 ; 2 vol. in-8, demi-rel. bas. 30 fr.

> Collection complète (avec le prospectus) des 63 numéros de ce journal publié du 1<sup>er</sup> janvier au 30 juin 1789, en faveur de la royauté contre la noblesse. « Il renferme, dit Hatin (Bibl. de la presse) sous une forme quelque peu excentrique, beaucoup de choses curieuses ».
> On a relié à la suite : Arrêté des officiers municipaux de la ville de Nantes, 1788.— Extraits du registre des délibérations de Quimper du 13 nov. 1788; de Chateaugiron, 1788 et 1789 ; de Rennes, 1788. — Mémoire des avocats du parlement de Bretagne, 1788. — Discours de la noblesse du parlement de Bretagne, 1788. Etc.

**701. Hermite** (L') de la Chaussée d'Antin (par Jouy) ou observations sur les mœurs et les usages français au commencement du XIX<sup>e</sup> siècle. *Paris, Pillet,* 1815-1816 ; 5 vol. in-12, br., couv. 25 fr.

> Ouvrage extrêmement intéressant, orné de 5 frontispices et de 2 figures d'après *Desenne.*

**702. Hérodote.** Histoire d'Hérodote, suivie de la vie d'Homère. Nouvelle traduction par A. F. Miot. *Paris, Didot,* 1822 ; 3 vol. in-8, cart., *non rognés.* 10 fr.

> Envoi autographe du traducteur.

**703. Histoire** de la guerre civile en France, et des malheurs qu'elle a occasionnés, depuis l'époque de la formation des États-Généraux, en 1789, jusqu'au 18 brumaire de l'an VIII (9 novembre 1799)... par l'auteur de l'Histoire du règne de Louis XVI (P.-J.-B. Nougaret). *Paris, Lerouge,* 1803 ; 3 vol. in-8, front., br. 10 fr.

**704. Histoire** de la Pairie de France et du Parlement de Paris. Où l'on traite aussi des Electeurs de l'Empire et du Cardinalat, par M. D. B. *Londres, Harding,* 1740 ; in-12, front., veau. 5 fr.

> Cet ouvrage a été attribué au comte de Boulainvilliers, mais d'après Barbier son véritable auteur serait Jean Le Laboureur.

**705. Histoire** des Inaugurations des Rois, Empereurs et autres Souverains de l'univers par M*** (dom Charles-Joseph Bévy). *Paris, Moutard,* 1776 ; in-8, br. 15 fr.

> 14 planches de costumes par *Michel Roig.* gravées par *Trière.*

**706. Histoire** des ordres militaires ou des chevaliers des milices séculières et régulières de l'un et l'autre sexe. Contenant leur origine, leurs fondations, leurs progrès, leur manière de vie, etc. Avec un traité historique de M. Basnage sur les duels. *Amsterdam, P. Brunel*, 1721; 4 vol. in-8, front. et fig., veau marbré, dos orné (*Rel. anc.*).      30 fr.

> Ces quatre volumes sont ornés de 188 figures en taille-douce, le premier contient le traité sur les duels.

**707. Histoire** secrète de la cour de Berlin, ou correspondance d'un voyageur françois depuis le 5 juillet 1786 jusqu'au 19 janvier 1787. Ouvrage posthume (par le Comte de Mirabeau). *S. l.*, 1789 ; 2 vol. in-8, demi-rel. bas.      10 fr.

> Édition en 168 et 207 pages.

**708. Imbert.** Le Jugement de Pâris, poëme en IV chants. *Amsterdam (Paris)*, 1772; in-8, veau.   20 fr.

> Titre dessiné et gravé par *Moreau le jeune*, 4 figures par le même, gravées par *Née, Duclos, Masquelier* et *Delaunay* ; en-têtes par *Choffard*.
>
> A la suite, les Œuvres mêlées, le Bouquet de l'amitié, les pièces fugitives et les fables ; ainsi que le Temple de Gnide mis en vers par M. Colardeau. *Paris*, 1773.

**709. Influence** (de l') de la philosophie sur les forfaits de la Révolution, par un officier de cavalerie. (J.-E.-D. Bernardi, jurisconsulte). *Paris, A. Lottin, s. d.* (1800); in-8, br.      3 fr.

**710. Jeanroy-Félix** (Victor). Nouvelle histoire de la Littérature française pendant la Révolution et le premier Empire. *Paris, Blondel et Barral, s. d.*; in-8, br.      4 fr.

**711. Jeffries** (David). Traité des diamants et des perles. Traduit de l'anglais (par Chappotin S.-Laurent). *Paris, Debure*, 1753 ; in-8, veau marbré, dos orné, fil., tr. dor. (*Rel. anc.*)      25 fr.

> Charmant en-tête de *Cochin*, gravé par *Baquoy* ; et 10 planches donnant les modèles des diamants taillés en brillants et en roses.
>
> A la suite de cet ouvrage on a relié : *l'Art de faire les cristaux colorés imitans les pierres précieuses, par M. de Fontanieu. Paris*, 1788.

**712. Joubert** (F.-E.). Manuel de l'amateur d'estampes, faisant suite au manuel du libraire. *Paris, Joubert*, 1821 ; 5 vol. in-8, br.  45 fr.

> Monogramme d'artistes. Rare.

**713. Jouffroy d'Eschavannes.** Armorial universel, précédé d'un traité complet de la science du blason et suivi d'un supplément. *Paris, L. Curmer*, 1844 ; in-4, demi-rel. mar. vert, *non rogné*.      15 fr.

> Belles planches d'armoiries en chromolithographie, et nombreux blasons insérés dans le texte.

**714. Jourdain** (Am.). La Perse ou tableau de l'histoire, du gouvernement, de la religion, de la littérature, etc. *Paris, Ferra*, 1814 ; 4 vol. in-12, veau, dos orné, dent., tr. dor.      18 fr.

> Ouvrage orné de gravures en couleur d'après des peintures persanes.

**715. Jourdain** (Yves-Claude). Extrait alphabétique de tous les décrets de l'Assemblée Nationale. *Rennes, Brutté*, 1791; in-8, br. 3 fr.

**716. Journal de Paris.** *Paris*, 1787-1793 ; 11 vol. in-4, bas. 60 fr.

> Exemplaire composé de 1984 numéros renfermant les débuts, l'extension et l'apogée de la période révolutionnaire.
>
> Ces feuilles quotidiennes des plus intéressantes s'étendent du 25 novembre 1787 au 30 avril 1793. On y rencontre la relation des faits les plus caractéristiques de cette époque. Parmi les suppléments, remarquons celui qui donne l'état de toutes les personnes ayant remis leurs bijoux et leur orfèvrerie à la Monnaie de Paris.

**717. Journal** général de l'Imprimerie et de la Librairie. Rédigé par Pillet. (*Paris*, 1811) ; in-8, demi-rel. bas.      30 fr.

> Ce volume très rare renferme la description de 2548 ouvrages ; il peut être considéré comme la tête du journal officiel de la librairie : la Bibliographie de l'Empire français.

**718. Journal** typographique et bibliographique, publié par P. Roux [Dujardin-Sailly, de Villevieille et Pillet]. *Paris*, 1800-1809 ; 9 vol. in-8, demi-rel. bas.      30 fr.

> Ces neuf volumes comprennent les 4e, 5e, 6e, 7e, 8e, 9e 10e, 11e et 12e années. Ouvrage précurseur de la célèbre collection connue sous le titre de Bibliographie de la France.

**719. Kerigant** (G. de). Les Chouans, épisodes des guerres de l'Ouest dans les Côtes-du-Nord, depuis 1792 jusqu'en 1800, suivis d'une notice sur la prise d'armes des Royalistes de ce département, pen-

**Et de Livres anciens et modernes**

dant les Cent jours de 1815. *Dinan,
Bazouge,* 1882 ; in-8, br.    3 fr.

**720. Kotzebue** (Maurice de). Voyage
en Perse, à la suite de l'ambassade
russe en 1817 ; traduit de l'allemand par M. Breton. *Paris, Nepveu,* 1819 ; in-8, demi-rel. veau,
*non rogné.*    8 fr.

Intéressant voyage illustré de 5 planches
coloriées.

**721. Laborde** (M. de). Essai sur la
Musique ancienne et moderne.
*Paris, Ph. D. Pierres,* 1780 ; 4
vol. in-4, br.    50 fr.

Exemplaire orné de 6 vignettes par *Ma-
lapeau* et *Masquelier,* 59 figures par *Bou-
land, Myris* et *Paris,* gravées par *Bou-
land, Cheau, Picquenot* et *Mᵐᵉ Ponce,*
et 132 planches de musique.

**722. Lacépède** (Comte de). Œuvres
comprenant l'histoire naturelle des
quadrupèdes ovipares, des ser-
pents, des poissons et des cétacés.
*Paris, Pillot,* 1832-1833 ; 12 vol.
in-8, chagr. bleu, éb.    40 fr.

Portrait et 100 figures coloriées.

**723. Lachenaye-Desbois.** Dictionnaire généalogique, héraldique,
chronologique et historique, contenant l'origine et l'état actuel des premières maisons de France, des maisons souveraines et principales de
l'Europe. *Paris, Duchesne,* 1757-
1765; 7 vol. pet. in-8, veau. 50 fr.

**724. Lacombe** (Francis). Histoire
de la Bourgeoisie de Paris, depuis
son origine jusqu'à nos jours. *Paris, Amyot, s. d.* (1848); 3 vol.
in-8, br.    8 fr.

**725. Lacroix** (Paul) et **Seré.** Le
Livre d'or des Métiers. Histoire de
l'Orfèvrerie-Joaillerie et des anciennes communautés d'orfèvres-joail-
liers de la France et de la Belgique.
*Paris,* 1850 ; in-4, cart.    8 fr.

Figures sur bois et armoiries des 104
corporations de France ; poinçons.

**726. La Motte** (Mᵐᵉ de). Vie de
Jeanne de S. Remy de Valois, ci-
devant comtesse de la Motte, écrite
par elle-même. Deuxième édition.
*Paris, Garnery, an premier de la
République française* (1793) ; 2 vol.
in-8, demi-rel. bas.    6 fr.

**727. La Motte.** Mémoires de la
Comtesse de Valois de Lamotte,
écrits par elle-même. *Paris, Re-
coules,* 1846 ; 2 vol. in-8, br.,
couv.    10 fr.

Mémoires où la comtesse, dans la fa-
meuse affaire du collier, se disculpe en ac-
cusant le cardinal de Rohan et la reine
Marie-Antoinette.

**728. La Rochefoucault.** Maximes
et réflexions morales. *Paris, impr.
de P. Didot l'aîné,* 1796 ; in-4,
cart., *non rogné.*    10 fr.

**729. La Roque** (Louis de) et Édouard
de **Barthélemy.** Catalogue des
Gentilshommes en 1789 et des familles anoblies ou titrées depuis le
premier Empire jusqu'à nos jours,
1806-1866, publié d'après les documents officiels. *Paris, Dentu et
Aubry,* 1866 ; 2 vol. in-8, demi-
rel. veau.    50 fr.

Rare collection complète de tous les fascicules composant cette intéressante publication.

**730. Lascivious hypocrite** (The),
or the triumpho of vice. A free
translation of Le Tartuffe libertin.
*Done at Cythero by the keeper of
the Temple,* 1885 ; in-12, cart.,
*non rogné.*    30 fr.

**731. La Serna Santander.** Dictionnaire bibliographique choisi du
quinzième siècle, ou description
des éditions les plus rares et les
plus recherchées du XVᵉ siècle.
*Bruxelles,* 1805-1807 ; 3 vol. in-8,
br.    30 fr.

Ouvrage de bibliographie toujours estimé.

**732. La Touche** (H. de). Grange-
neuve. *Paris, Victor Magen,* 1835 ;
2 vol. in-8, demi-rel. chagr. rouge,
tête dor., *non rognés.*    7 fr.

ÉDITION ORIGINALE.

**733. La Tynna** (J. de). Almanach
du Commerce de Paris, des départements de l'Empire français et des
principales villes du monde. *Paris,
de La Tynna,* 1813 ; in-8, mar.
rouge, dos orné, dent., tr. dor.
(*Rel. anc.*).    5 fr.

Aux armes impériales.

**734. Lauzun** (Armand-Louis Gon-
taut, duc de). Mémoires. *Paris,
Barrois,* 1822; in-8, demi-rel. veau
vert, dos orné, tr. marbr.    12 fr.

Mémoires où l'on trouve des anecdotes
sur Marie-Antoinette que les critiques

ont amèrement et à juste raison reprochées à l'auteur. — Déchirure à un feuillet.

**735. La Valette** (Marquis de). Les Etablissements généraux de bienfaisance placés sous le haut patronage de l'impératrice. *Paris, Imp. Impériale*, 1866 ; in-fol., br.    10 fr.

Belles eaux-fortes donnant la vue des établissements et plans.

**736. Lavallée** (Joseph). Histoire des Inquisitions religieuses d'Italie, d'Espagne et de Portugal, depuis leur origine jusqu'à la conquête de l'Espagne. *Paris, Capelle et Renaud*, 1809 ; 2 vol. in-8, cart., *non rognés*.    10 fr.

Curieuses figures gravées sur cuivre.

**737. Leber**. De l'Etat réel de la presse et des pamphlets depuis François Ier jusqu'à Louis XIV. *Paris, Techener*, 1834 ; in-8, demi-rel. chagr. vert.    5 fr.

Tiré à très petit nombre.

**738. Le Blond** (Laurent). Quartiers généalogiques des illustres et nobles familles d'Espagne, d'Allemagne, d'Italie, de France, de Bourgogne, de Lorraine et des XVII provinces, avec leurs qualités, titres, etc. Nouvelle édition augmentée. *Bruxelles, Ermens* (1788) ; 2 tomes en un vol. in-8, br.    12 fr.

**739. Le Brun** (R. P. Pierre). Histoire critique des pratiques supertitieuses qui ont séduit les peuples et embarrassé les savans, avec la méthode et les principes pour discerner les effets naturels d'avec ceux qui ne le sont pas. *Paris, G. Desprez*, 1750-1751 ; 4 vol. in-12, front., veau.    20 fr.

**740. Lecoq-Kerneven**. Traité de la composition et de la lecture de toutes les inscriptions monétaires, monogrammes, symboles et emblèmes, depuis l'époque mérovingienne jusqu'à l'apparition des armoiries. *Rennes, Leroy*, 1869 ; in-8, pl., br.    12 fr.

**741. Le Grand d'Aussy**. Histoire de la vie privée des Français depuis l'origine de la nation jusqu'à nos jours. *Paris, impr. de Ph.-D. Pierres*, 1782 ; 3 vol. in-8, cart. 12 fr.

**742. Legué** (Gabriel). Urbain Grandier et les possessions de Loudun.

Documents de M. Charles Barbier. Deuxième édition. *Paris, Baschet*, 1880 ; gr. in-8, portr., br.    10 fr.

Bonne étude sur les possédées de Loudun. Nombreux fac-similés d'écritures.

**743. Lehman** (Henri). Galerie des fêtes de l'Hôtel-de-Ville de Paris. Peintures murales exécutées en 1853 et gravées par Levasseur, Dubouchet, Danguin et Morse. *Paris, Dusacq, s. d. ; in-plano, en feuilles.*    35 fr.

28 planches avec titre et table. Cette série d'estampes donne la décoration de la salle des fêtes détruite par l'incendie de 1871.

**744. Le Huërou** (J.-M.). Histoire de la Constitution anglaise depuis l'avènement de Henri VIII jusqu'à la mort de Charles Ier. *Nantes, Grimaud*, 1863 ; in-8, br.    3 fr.

**745. Le Huërou** (J.-M.). Histoire des institutions carlovingiennes. *Paris, Joubert*, 1843; in-8, br. 4 fr.

**746. Lemoine** (J.-J.). Les Français justifiés du reproche de légèreté. *Paris, Treuttel*, 1815; in-8, br. 3 fr.

PAPIER VERGÉ.

**747. Lemoyne** (André). Les Charmeuses. Eaux-fortes de L.-G. de Belléc, Feyen-Perrin et Edouard Leconte. *Paris, Firmin-Didot, s. d. ; in-8, br., couv. ill.*    8 fr.

**748. Le Noble** (Alexandre). Histoire du Sacre et du couronnement des Rois et Reines de France. *Paris*, 1825 ; in-8, front., br.    10 fr.

**749. Lenoir** (Albert). Statistique monumentale de Paris. *Paris, Imp. Impériale*, 1867 ; 1 vol. in-4 de texte et 2 vol. gr. in-fol., demi-rel. mar. vert, tête dor., *non rognés*.    130 fr.

281 pl. montées sur onglets, la plupart sont coloriées.

**750. Lens** (André). Le Costume, ou essai sur les habillements et les usages de plusieurs peuples de l'antiquité, prouvé par les monuments. *Liége, J.-F. Bassompierre*, 1776 ; gr. in-8, bas.    25 fr.

51 planches gravées en taille-douce.

**751. Léonard de Vinci**. Traité élémentaire de la peinture, avec 58 figures d'après les dessins originaux de le Poussin, dont 34 en taille-

**Et de Livres anciens et modernes**

douce. *Paris, Deterville, an XI* (1803); in-8, portr., br.     12 fr.

Figures au trait.

**752. L'Épinois** (Henri de). La Ligue et les Papes. *Paris, Palmé, 1886* ; in-8, br.     3 fr.

**753. Le Roy**. Les Ruines des plus beaux monumens de la Grèce. *Paris, Delatour, 1770* ; 2 tomes en 1 vol. in-fol., veau marbr., dos orné, tr. dor.     75 fr.

61 planches dessinées par *Le Roy*, gravées par *Le Bas*.

**754. Le Sage**. Histoire de Gil Blas de Santillane par Le Sage, précédée d'une introduction par Jules Janin. Illustrations de Gavarni. *Paris, Morizot, s. d.* (1862); in-8, broché (couv. ill.).     12 fr.

21 figures gravées sur acier d'après *Gavarni*.

**755. Lescarbot** (Marc). Histoire de la nouvelle France. Seconde édition, revue, corrigée et augmentée par l'autheur. *Paris, J. Millot, 1612* (*Paris, Tross, 1866*); 2 vol. in-8, pl., br.     15 fr.

Nouvelle édition publiée par M. Edwin Tross.
PAPIER VERGÉ. Les 2 premiers volumes seuls.

**756. Leschevin** (P.-X.). Voyage à Genève et dans la vallée de Chamouni en Savoie. *Paris, Renouard, 1812* ; in-8, demi-rel. bas.     4 fr.

Portrait de de Saussure gravé en taille-douce par *Fontanals*, d'après *S.-Ours*.

**757. Lescure** (de). Les Autographes et le goût des autographes en France et à l'étranger. *Paris, Gay, 1865* ; in-8, br.     8 fr.

**758. Lettres** sur l'origine de la Noblesse françoise, et sur la manière dont elle s'est conservée jusqu'à nos jours (par Mignot de Bussy). *Lyon, J. de Ville, 1763* ; in-12. — L'Origine de la Noblesse françoise depuis l'établissement de la monarchie contre le système des lettres imprimées à Lyon en 1763. Par M. le vicomte d'. (Alès de Corbet). *Paris, Desprez, 1766* ; in-12. Ens. 2 vol. in-12, veau et bas.     12 fr.

**759. Levasseur** (R.). Mémoires de R. Levasseur (de la Sarthe), ex-

conventionnel. *Paris, Rapilly, 1829* ; 2 vol. in-8, portr., br.     6 fr.

Mémoires apologétiques de la Convention.

**760. Levesque** (Pierre-Charles). Histoire critique de la République romaine. *Paris, Dentu, 1807* ; 3 vol. in-8, demi-rel. chagr. brun, *non rognés*.     12 fr.

**761. Ligny** (Le P. de). Histoire de la vie de Jésus-Christ. *Paris, Beaucé, 1813* ; 3 vol. in-8, br.     6 fr.

Nouvelle édition, ornée de trois jolies gravures d'après *Rubens*.

**762. Ligue** des nobles et des prêtres contre les rois, depuis le commencement de l'ère chrétienne jusqu'à nos jours ; ou tableau des conspirations, révoltes, détrônements, actes arbitraires, jugemens iniques, violations des lois dont les privilégiés se sont rendus coupables. Par M. Paul de P..... *Paris, Barba, 1820* ; 2 vol. in-8, br.     10 fr.

**763. Livre de Poste** contenant : 1º La désignation des relais de poste du Royaume et la fixation des distances en myriamètres et kilomètres ; 2º L'indication des relais placés sur les routes étrangères, à partir des frontières de France ; 3º Le tableau du service des paquebots de la Méditerranée, pour l'an 1841. *Paris, impr. royale, 1841* ; in-8, mar. rouge, dos orné, dent. 10 fr.

Remboîtage dans une reliure aux armes royales.

**764. Livre** (Le) des Psaumes, ancienne traduction française publiée pour la première fois d'après les manuscrits de Cambridge et de Paris par Fr. Michel. *Paris, Impr. nationale, 1876* ; in-4, cart., *non rogné*. 8 fr.

**765. Lombard de Langres**. Les Souvenirs ou recueil de faits particuliers et d'anecdotes secrètes pour servir à l'histoire de la Révolution. *Paris, Gide, 1819* ; in-8, br.     4 fr.

Intéressantes et curieuses anecdotes.

**766. Low** et **Howard**. Les Plantes à feuillage coloré ; recueil des espèces les plus remarquables servant à la décoration des jardins, des serres et des appartements ; traduit de l'anglais par M. J. Rothschild, avec le concours de plusieurs horticulteurs. *Paris, Rothschild,* 1865 ; in-8, en feuilles, couv.     30 fr.

60 planches hors texte tirées en chromolithographie.

**767. Lucain.** La Pharsale, traduite en français par M. Marmontel. *Paris, Merlin,* 1766 ; 2 vol. in-8, veau marbré, dos orné, fil. (*Rel. anc.*). 12 fr.

Jolies figures de *Gravelot.*

**768. Macartney** (Lord). Voyage en Chine et en Tartarie, traduit de l'anglais par J. B. (J. Breton). *Paris, Lepetit,* 1804 ; 6 vol. in-12 et atlas. veau granit, dos orné, dent., tr. dor.     12 fr.

**769. Maintenoniana,** ou choix d'anecdotes intéressantes, tirées des lettres de M^me de Maintenon, avec des notes historiques, critiques, etc.., pour l'intelligence du texte, par M. B*** de B*** (Bosselman de Bellemont de Lille). *Amsterdam (Paris, Costard),* 1773 ; 2 tomes en 1 vol. in-8, demi-rel. veau rouge, *non rogné.*     6 fr.

**770. Marchand** (Alfred). Le Siège de Strasbourg, 1870. La Bibliothèque. — La Cathédrale. *Paris, Joël Cherbuliez,* 1871 ; in-12, br., 4 fr.

PAPIER VERGÉ.

**771. Marcus** (Louis). Histoire des Wandales depuis leur première apparition jusqu'à la destruction de leur empire en Afrique. *Paris, Bertrand,* 1836 ; in-8, br.     4 fr.

**772. Margry** (Pierre). Les Navigations françaises et la révolution maritime du XIV^e au XVI^e siècle. *Paris, Tross,* 1867 ; in-8, br.     7 fr.

Planches hors texte.

**773. Maria-Stella,** ou échange criminel d'une demoiselle du plus haut rang contre un garçon de la condition la plus vile. (Lady Maria-Stella Newborough, baronne de Sternberg). *Paris,* 1839 ; in-8, br. 3 fr.

La Baronne de Sternberg se prétendait la véritable fille du duc d'Orléans : Philippe Egalité.

**774. Marthold** (Jules de). Histoire de Marlbourough. Dessins de Caran d'Ache. *Paris, Jules Lévy,* 1885 ; in-8, cart. toile.     4 fr.

Humoristiques illustrations imprimées en couleurs par Gillot. Le 1^er plat du cartonnage sert de titre.

**775. Mas-Latrie.** Trésor de Chronologie, d'histoire et de géographie, pour l'étude et l'emploi des documents du moyen-âge. *Paris, Victor Palmé,* 1889 ; in-fol., br.     60 fr.

Belle publication d'une très grande érudition.

**776. Massé** (L.-F.). La Vie de Saint Edme autrement Saint Edmond, archevêque de Cantorbery. *Paris, Leroux,* 1858 ; in-8, front., br. 3 fr.

**777. Maurice de Saxe** (Maréchal). Mémoires sur l'Art de la guerre. Nouvelle édition conforme à l'original, et augmentée du traité des légions ainsi que de quelques lettres de cet illustre capitaine. *Dresde, Walther,* 1757 ; in-8, br.     12 fr.

Planches en taille-douce.

**778. Mazas** (Alex.). Histoire de l'Ordre militaire de Saint-Louis depuis son institution en 1693 jusqu'en 1830. (Terminée par Théodore Anne). *Paris, Dentu,* 1855-1857 ; in-8, en fascicules brochés.     15 fr.

**779. Meillan.** Mémoires de Meillan, député par le département des Basses-Pyrénées, à la Convention Nationale, avec des notes et des éclaircissemens historiques. *Paris, Baudouin,* 1823 ; in-8, br.     3 fr.

**780. Mélanges.** In-4, bas. (*Rel. anc.*).     10 fr.

Description des Pyramides de Ghizé, de la ville du Kaire, par J. Grobert. *Paris,* 1801, pl. — Recherches géographiques sur les hauteurs des plaines, sur les mers et sur les montagnes, par Dupain-Triel. *Paris,* 1791. — Essai sur des monuments armoricains qui se voient proche Quiberon. *Nantes,* 1805. — Recherches sur le nombre des habitans de la Grande-Bretagne et l'Irlande, par sir Frédéric Morton Eden. *Paris,* 1802. — Les Tombeaux, ou essai sur les sépultures, par P. Giraud. Ouvrage dans lequel l'auteur... donne les procédés pour dissoudre les chairs, calciner les ossemens, les convertir en une substance indestructible et en composer le médaillon de chaque individu. *Paris,* 1801. — Etc.

**781. Mellinet** (Camille). La Commune et la milice de Nantes. *Nantes, Mellinet, s. d. :* 12 vol. in-8, br.     70 fr.

Rare et excellent ouvrage.

**782. Mémoires** de l'Académie du Gard. Années de 1851 à 1857. *Nîmes,* 1851-1857 ; 4 vol. in-8, demi-rel. veau.     15 fr.

**Et de Livres anciens et modernes**

**783. Mémoires** particuliers, formant avec l'ouvrage de M. Hue et le journal de Cléry, l'histoire complète de la captivité de la famille royale à la tour du Temple. (Attribués à Madame, duchesse d'Angoulême). *Paris, Audot, 21 Janvier 1817* ; in-8, demi-rel. bas.  8 fr.

Plan et vue du Temple.

**784. Mémoires** politiques et militaires pour servir à l'histoire secrète de la Révolution française. (Par Ant. Serieys). *Paris, Buisson, an VII (1799)* ; 2 vol. in-8, cart., *non rognés*.  8 fr.

**785. Mémoires sur la Vendée** comprenant les mémoires inédits d'un ancien administrateur militaire des armées républicaines, et ceux de M^me de Sapinaud. *Paris, Baudouin*, 1823 ; in-8, br.  5 fr.

**786. Mémoires** sur les Prisons, contenant les mémoires d'un détenu, par Riouffe ; l'humanité méconnue, par J. Paris de l'Epinard, l'incarcération de Beaumarchais ; le tableau historique de la prison de Saint-Lazare, avec une notice sur la vie de Riouffe, des notes et des éclaircissemens historiques. *Paris, Baudouin*, 1823; 2 vol. in-8, br. 10 fr.

**787. Mercier** (V.). Monumens de Londres. Cent dix tableaux lithographiés au trait, d'après les meilleures gravures anglaises. *Paris, impr. Dentu*, 1828 ; in-8 oblong. br.  5 fr.

**788. Mercure de France.** 1743-1792 ; 17 vol. rel. bas. et 92 fascicules.  60 fr.

Les 17 volumes reliés comprennent la période révolutionnaire depuis le 13 octobre 1787 jusqu'au 24 nov. 1792. Quelques-uns ont des lacunes. Les fascicules brochés sont des numéros séparés du Mercure de 1713, 1747 à 1760, 1769 à 1773, 1782 à 1785.

On y joint 2 vol. du Mercure français (n^os 46-47 de 1792 et 1-45 de 1793); un recueil en 17 vol. reliés, de Pièces détachées donnant les arrêtés, les nominations, les cérémonies. l'analyse des discussions politiques de 1787 à 1792, extraites du Journal de Mallet du Pan.

**789. Mesnard** (Jules). Les Merveilles de l'Art et de l'Industrie. Antiquité. Moyen Age, Renaissance,

temps modernes. *Paris*, 1869; in-4, en feuilles dans un carton.  15 fr.

Nombreuses gravures sur bois et à l'eau-forte.

**790. Mézeray** (Fr. de). Histoire de France avant Clovis. L'origine des François et leur établissement dans les Gaules. *Amsterdam, A. Schelte*, 1696 ; in-12. — Abrégé chronologique de l'histoire de France. Nouvelle édition, revue et corrigée sur la dernière de Paris, etc. *Amsterdam, H. Schelte*, 1701 ; 6 vol. in-12. Ens. 7 vol. in-12, front. et portr., veau fauve, dos orné, fil., tr. dor. (*Rel. anc.*).  35 fr.

**791. Mille et une Nuits** (Les), contes arabes, traduits en français par Galland ; nouvelle édition publiée par M. Edouard Gauttier. *Paris, Collin de Plancy*, 1822-1823 ; 7 vol. in-8, br.  25 fr.

21 figures par *Chasselat*.

**792. Mirabeau.** Elégies de Tibulle, suivies des baisers de Jean Second, et de contes et nouvelles. *Paris*, an VI (1798) ; 3 vol. in-8, bas. 20 fr.

Ouvrage orné de 14 figures de *Borel*.

**793. Mirabeau.** Des Lettres de cachet et des prisons d'état. Ouvrage posthume, composé en 1778 (par le comte de Mirabeau). *Hambourg*, 1782 ; 2 part. in-8, demi-rel. veau.  6 fr.

**794. Mistère** (le) du siège d'Orléans publié pour la première fois d'après le manuscrit unique conservé à la bibliothèque du Vatican par MM. F. Guessard et E. de Certain. *Paris, Impr. impériale*, 1862 ; in-4, cart., *non rogné*.  12 fr.

**795. Molinier** (Auguste et Émile). Chronique normande du XIV^e siècle. *Paris. Renouard*, 1882 ; in-8, br.  5 fr.

De la Collection de la Société de l'Histoire de France.

**796. Mollière** (Antoine). Métaphysique de l'Art. *Lyon, Scheuring*, 1868 ; in-8, br.  8 fr.

PAPIER VERGÉ.

**797. Montaigne.** Les Essais de Michel, seigneur de Montaigne. Nouvelle édition exactement purgée des défauts des précédentes, selon le

**Achat de Bibliothèques**

vray original. *Amsterdam*, 1781 ; 3 vol. in-12, portr., veau, dos orné. fil. (*Rel. anc.*). 12 fr.

**798. Montecuculi.** Mémoires de Montecuculi, généralissime des armées et grand-maître de l'artillerie de l'Empereur ; avec les commentaires de M. le comte Turpin de Crissé. *Amsterdam et Leipzig, Arkstée et Merkus*, 1770 ; 3 vol. in-8, demi-rel. bas. 20 fr.

Portrait et nombreuses planches sur cuivre donnant des dispositions stratégiques.

**799. Montfaucon** (Bern. de). Les Monuments de la Monarchie françoise. *Paris*, 1732 ; 2 vol. in-fol., demi-rel. chagr. vert, *non rognés.* 50 fr.

Tomes 4 et 5 en GRAND PAPIER, recherchés pour les planches de costumes qu'ils renferment, depuis Charles VIII jusqu'à Henri IV inclus.

**800. Montgaillard** (abbé de). Histoire de France depuis la fin du règne de Louis XVI. *Paris, Moutardier*, 1834-1835 ; 9 vol. in-8, demi-rel. chagr., *non rognés.* 60 fr.

90 jolies gravures sur acier d'après les dessins de *Raffet*.

**801. Morat** (Bataille de). Quatrième Centenaire de la bataille de Morat le 22 juin 1876. Album du Cortège historique dessiné et peint d'après les costumes originaux par C. Jauslin et G. Roux. Chromolithographie des ateliers C. Knüsli à Zurich.

*Berne, s. d.* ; in-4 obl. de 40 planches montées sur onglets, demi-rel. mar. r., tête dor. (*V. Champs*). 60 fr.

**802. Morel de Vindé.** Primerose. *Paris, Didot l'aîné*, 1797 ; in-18, mar. rouge, fil., tr. dor. (*Rel. anc.*). 50 fr.

Frontispice et 5 charmantes figures par *Lefèvre*, gravées par *Godefroy*.

**803. Morellet** (l'abbé). Mémoires de l'abbé Morellet sur le XVIIIe siècle et sur la Révolution, précédés de l'éloge de l'abbé Morellet par M. Lémontey. *Paris, Ladvocat*, 1821 ; 2 vol. in-8, portr., demi-rel. veau. 7 fr.

**804. Mounier** (J.-J.). De l'Influence attribuée aux philosophes, aux francs-maçons et aux illuminés sur la Révolution de France. *Tubingen, Cotta*, 1801 ; in-8, bas. 4 fr.

**805. Muret** (Th.). Histoire de l'armée de Condé. *Paris, Dentu*, 1844 ; 2 vol. in-8, br. 12 fr.

Portrait, carte. Envoi d'auteur à M<sup>me</sup> Inéz Gonzalez. Rare.

**806. Musée** ou Magasin comique de Philipon, contenant près de 800 dessins par Cham, Daumier, Gavarni, Grandville, Plattier, Trimolet, Vernier et autres. Texte par Bourget, Cham, L. Huart, Ch. Philipon, etc. *Paris, Aubert et Cie, s. d.* (1842) ; 2 tomes en un vol. gr. in-4, demi-rel. bas. 35 fr.

Reliure fatiguée.

---

# Napoléon I<sup>er</sup> *(Ouvrages relatifs à)* et au **Premier Empire**

---

**807. Abrantès** (Duchesse d'). Histoire des Salons de Paris. Tableaux et portraits du grand monde sous Louis XVI, le Directoire, le Consulat et l'Empire, la Restauration et le règne de Louis-Philippe 1er. Deuxième édition. *Paris, Ladvocat*, 1837-1838 ; 6 vol. in-8, br. 45 fr.

Cet ouvrage fort intéressant, qui devait comprendre 8 volumes, fut interrompu par la mort de l'auteur.

**808. Almanach impérial** pour l'année 1813, présenté à S. M. l'Empereur et Roi. *Paris, Testu*,

1813 ; in-8, veau marbré, dos orné, dent., tr. dor. 25 fr.

Exemplaire aux armoiries peintes d'un conseiller d'état du Ier Empire.

**809. Andréossy** (Comte). Mémoire sur ce qui concerne les marchés Ouvrard. *Paris, F. Didot*, 1826 ; in-8, br. 3 fr.

**810. Antommarchi** (Dr). Mémoires du Docteur F. Antommarchi, ou les derniers momens de Napoléon. *Paris, Barrois*, 1825 ; 2 vol. in-8, br. 12 fr.

## Et de Livres anciens et modernes

811. **Antommarchi** (D'). Mémoires du docteur Antommarchi ou les derniers moments de Napoléon. *Bruxelles, Lacrosse,* 1825 ; 2 vol. in-8, br.        12 fr.

812. **Autichamp** (Général Comte Charles d'). Mémoires pour servir à l'histoire de la campagne de 1815, dans la Vendée. *Paris, A. Egron,* 1817 ; in-8, br.        4 fr.

813. **Barthélemy** et **Méry**. Napoléon en Egypte, Waterloo et le fils de l'homme. *Paris, Perrotin,* 1835 ; in-8, br., couv.        10 fr.

> 10 vignettes sur acier d'après *Raffet.*
> Bel exemplaire.

814. **Bausset** (L.-F.-J.). Mémoires anecdotiques sur l'intérieur du palais et sur quelques évènemens de l'Empire depuis 1805 jusqu'au 1er mai 1814, pour servir à l'histoire de Napoléon. *Paris, Baudouin,* 1827; 4 vol. in-8, portr., fac-simile, br.        25 fr.

> Portraits de Napoléon, de Joséphine et de Marie-Louise.

815. **Berthier** (Maréch.) et général **Regnier**. Mémoires sur les campagnes des Français en Egypte. *Paris, Baudouin,* 1827 ; 2 vol. in-8, front., br.        8 fr.

816. **Bonaparte** au Caire, ou mémoires sur l'expédition de ce général en Egypte (par Laus de Boissy). *Paris,* 1799 ; in-8. — Correspondance de l'Armée française en Egypte interceptée par l'escadre de Nelson, par E.-T. Simon. *Paris,* 1799 ; in-8, carte. Ens. 2 tomes en un vol. in-8, demi-rel. veau. 8 fr.

> Signature et note autographe de M. Devise sur les titres.

817. **Bonaparte** (Louis). Mémoires sur sa vie et son règne, ou documents historiques et politiques, et particularités secrètes sur la Hollande, disputée par la France et l'Angleterre. *Paris, Landois,* 1836 ; 3 vol. in-8, br.        15 fr.

818. **Campagne** des Français en Italie en 1800, sous le commandement de Bonaparte et de Berthier, par W., officier attaché à l'Etat-Major. *Leipzig, Reinicke et Hinrichs,* 1801 ; in-4, br.        8 fr.

> Portrait de Bonaparte gravé par *Moreau* et 4 cartes coloriées de la campagne de 1800.

819. **Campagne** du général Buonaparte en Italie pendant les années IVe et Ve de la République française, par un officier général (François-René-Jean de Pommereul). *Paris, Plassan,* 1797 ; in-8, carte, br.        6 fr.

820. **Coquereau** (l'abbé F.). Souvenirs du voyage à Sainte-Hélène. *Paris H.-L. Delloye,* 1841 ; gr. in-8, br.        4 fr.

> Relation du retour des cendres de Napoléon, ornée de 5 lithographies. — Taches.

821. **Desmarest.** Témoignages historiques ou quinze ans de haute police sous Napoléon. *Paris, Levavasseur,* 1833; in-8, demi-rel. veau bleu, dos orné.        8 fr.

822. **Fain** (Baron). Manuscrit de 1812. Manuscrit de 1813. Manuscrit de 1814. Contenant le précis des événemens pour servir à l'histoire de l'Empereur Napoléon. *Paris, Bossange-Delaunay,* 1823-1827; 5 vol. in-8, cart., *non rognés.*        25 fr.

> Envoi d'auteur.

823. **Foudras.** Campagne de Bonaparte en Italie, en l'an VIII de la République, rédigée sur les mémoires d'un officier de l'état-major de l'armée de réserve. *S. l., an VIII* (1800) ; in-8, portr., demi-rel. bas.        8 fr.

> Portrait de Bonaparte, 1er Consul, par *Bonneville.*

824. **Foy** (Général). Histoire de la Guerre de la Péninsule sous Napoléon, publiée par Mme la comtesse Foy. *Paris Baudouin,* 1827 ; 4 vol. in-8, demi-rel. veau, dos orné. 20 fr.

825. **Gallais.** Histoire de la Révolution du 20 Mars 1815 ou cinquième partie de l'histoire du 18 Brumaire et de Buonaparte. *Paris, Chanson,* 1815 ; in-8, br. 4 fr.

826. **Gallais.** Histoire du dix-huit brumaire et de Buonaparte. *Paris, Michaud,* 1814-1817 ; 4 tomes en 2 vol. in-8, demi-rel. bas.        12 fr.

> L'ouvrage est précédé d'une introduction à l'histoire de Buonaparte, par Nettement, *Paris,* 1814.

827. **Goldsmith** (Lewis). Histoire secrète du cabinet de Napoléon Buonaparte et de La Tour de St Cloud,

**Achat de Bibliothèques**

deuxième édition. *Londres, 1814* ; 2 tomes en un vol. in-8, veau. 8 fr.

828. **Gourgaud** (Général). Napoléon et la Grande armée en Russie, ou examen critique de l'ouvrage de M. le Comte Ph. de Ségur. Seconde édition. *Paris, Bossange,* 1825 ; in-8, cart., *non rogné.* 6 fr.

829. **Histoire** de l'expédition de Russie, par M*** le marquis (G. de Chambray). *Paris, Pillet* 1823 ; 2 vol. in-8 et atlas, cart., *non rognés.* 10 fr.

830. **Jomini** (Général). Vie politique et militaire de Napoléon. *Bruxelles,* 1829 ; in-4, à 2 col., portr., demi-rel. veau fauve, *non rogné.* 10 fr.

PAPIER VÉLIN.

831. **Laurent de l'Ardèche.** Histoire de l'Empereur Napoléon. *Paris, J.-J. Dubochet,* 1840 ; in-4, br., couv. ill. 15 fr.

Cette édition datée de 1840 est, ainsi que la 1re, en 802 pages : elle est ornée d'environ 500 figures sur bois d'après les dessins d'*Horace Vernet.*

832. **Lejeune** (Général Baron). Sièges de Saragosse. Histoire et peinture des évènements qui ont eu lieu dans cette ville ouverte pendant les deux sièges qu'elle a soutenus en 1808 et 1809. *Paris, Firmin Didot,* 1840 ; in-8, br. couv. 12 fr.

Exemplaire non coupé.

833. **Lucet** et **Eckard.** Hommages poétiques à Leurs Majestés impériales et royales sur la Naissance de S. M. le roi de Rome ; recueillis et publiés par J.-J. Lucet et Eckart. *Paris, imp. de Prudhomme fils,* 1811 ; 2 vol. in-8, front., veau marbré, dos orné, fil., tr. dor. (*Rel. anc.*). 40 fr.

Recueil le plus complet qui ait été formé sur ce sujet. Il renferme 275 pièces de vers à la suite d'un concours ouvert en 1811 : françaises, latines, italiennes et allemandes. Cinquante récompenses furent décernées. M. Barjaud de Montluçon obtint le grand prix.

834. **Manuscrit** (le) venu de Ste-Hélène, apprécié à sa juste valeur. *Paris, Michaud,* 1817 ; in-8, br. 3 fr.

835. **Marbot** (Général). Mémoires. *Paris, Plon et Nourrit,* 1891 ; 3 vol. in-8, portr., br. 30 fr.

ÉDITION ORIGINALE.

836. **Mémoires** d'un Apothicaire (Sébastien Blaze), sur la guerre d'Espagne pendant les années 1808 à 1814. *Paris, Ladvocat,* 1828 ; 2 vol. in-8, cart., éb. 8 fr.

Quelques ff. ont été raccommodés.

837. **Mémoires** historiques et inédits sur la vie politique et privée de l'Empereur Napoléon, depuis son entrée à l'école de Brienne jusqu'à son départ pour l'Egypte, par le comte Charles d'Og... (Dangeais). *Paris, Alex. Corréard,* 1822 ; in-8, br. 7 fr.

Portrait lithographié.

838. **Mémoires** historiques sur la catastrophe du duc d'Enghien. *Paris, Baudouin,* 1824 ; in-8, br. 5 fr.

Résumé tiré des mémoires du duc de Rovigo, général Hulin, Talleyrand, Dalberg, etc.

839. **Mémoires** pour servir à l'histoire de France en 1815, avec le plan de la bataille de Mont-Saint-Jean. *Paris, Barrois,* 1820 ; in-8, plan, cart. 4 fr.

Cet ouvrage est de Napoléon Ier lui-même, il forme le IXe livre de ses Mémoires, et contient l'histoire des Cent Jours.

840. **Mémoires** secrets sur la vie privée, politique et littéraire de Lucien Buonaparte, prince de Canino, rédigés sur sa correspondance et sur des pièces authentiques. *Bruxelles, Maubach,* 1818 ; in-8, br. 5 fr.

841. **Mémoires** sur la cour de Louis Napoléon et sur la Hollande, (par Louis Garnier, chef du garde-meuble de Louis Bonaparte). *Paris, Ladvocat,* 1828 ; in-8, br. 6 fr.

842. **Mémoires** sur le Consulat. 1799 à 1804 ; par un conseiller d'Etat (A.-C. Thibaudeau). *Paris, Ponthieu,* 1827 ; in-8, br. 3 fr.

843. **Mémoires** tirés des papiers d'un homme d'Etat, sur les causes secrètes qui ont déterminé la politique des cabinets dans la guerre de la Révolution, depuis 1792 jusqu'en 1815, (par le comte d'Allonville, A. de Beauchamp et Schubart). *Paris, Ponthieu,* 1828-1838 ; 13 vol. in-8, br. 70 fr.

844. **Méneval** (Baron Claude-François de). Mémoires pour servir à l'histoire de Napoléon Ier jusqu'en

1815. Publiés par les soins de son petit-fils le baron de Méneval. *Paris, Dentu,* 1894 ; 3 vol. in-8, portr., br.                                           18 fr.

845. **Moniteur** (le) secret, ou tableau de la Cour de Napoléon, de son caractère et de celui de ses agents (par J.-B. Couchery). *Londres et Paris,* 1814 ; 2 vol. in-8, cart. toile, *non rognés.*          15 fr.

Ouvrage rare : on y fait sous la forme du ridicule la critique de l'Empereur et des dignitaires de la couronne.

846. **Montholon** (Général). Récits de la captivité de l'Empereur Napoléon à Sainte-Hélène. *Paris, Paulin,* 1847 ; 2 vol. in-8, plans, br.                                           12 fr.

847. **Morin** (C.-M.). Révélation de faits importans qui ont préparé ou suivi les Restaurations de 1814 et 1815. *Paris, Audin,* 1830 ; in-8, br.                                           3 fr.

848. **Montbel** (de). Le duc de Reichstadt. *Paris et Versailles,* 1833 ; in-8, portr., demi-rel. mar. bleu, dos orné, *non rogné.*   10 fr.

Les pp. 17 à 32 ont été inversées par le relieur.

849. **O' Meara** (Barry E.). Napoléon en Exil à Sainte-Hélène. *Paris, Plancher,* 1822 ; 2 vol. in-8, br.                                           10 fr.

850. **Ouvrard** (G.-J.). Mémoires, sur sa vie et ses diverses opérations financières. *Paris, Moutardier,* 1826-1827 ; 3 vol. in-8, demi-rel. chagr. bleu, dos orné.          18 fr.

Portrait et fac-similés d'écritures.

851. **Pradt** (de). Histoire de l'Ambassade dans le grand duché de Varsovie en 1812. Huitième édition. *Paris, Pillet,* 1817 ; in-8, br. 4 fr.

Sur le titre une note manuscrite critique de l'ouvrage par le colonel Prétot.

852. **Pulitzer** (Albert). Une Idylle sous Napoléon Ier. Le Roman du prince Eugène. *Paris, Firmin Didot, s. d.;* in-8, portr., br.          5 fr.

853. **Rapp** (Général). Mémoires du général Rapp, aide de camp de Napoléon, écrits par lui-même et publiés par sa famille. *Paris, Bossange,* 1823 ; in-8, portr., cart., *non rogné.*          6 fr.

854. **Reboul.** Mes Souvenirs de 1814 et 1815 par M. M*** (Ant.-Jos. Reboul). *Paris, A. Eymery,* 1824 ; in-8, demi-rel. chagr. bleu.                                           3 fr.

855. **Rovigo** (Duc de). Mémoires pour servir à l'histoire de l'Empereur Napoléon. *Paris, Bossange,* 1828-1829 ; 8 vol. in-8. — Le duc de Rovigo en miniature ou de ses mémoires par M. L. de Sevelinges. *Paris, Dentu,* 1828 ; in-8. Ens. 9 vol. in-8, br.                                           30 fr.

856. **Ségur** (Général, Comte de). Histoire de Napoléon et de la Grande-Armée pendant l'année 1812. *Paris, Baudouin,* 1825 ; 2 vol. in-8, demi-rel. veau bleu, dos orné.                                           7 fr.

Carte de la campagne de Russie.

857. **Ségur** (Général, Comte de). Histoire de Napoléon et de la Grande-Armée en 1812. 14e édition. *Paris, Houdaille,* 1842 ; in-8, demi-rel. bas., *non rogné.*   7 fr.

Figures en taille-douce. Quelques taches de rousseur.

858. **Ségur** (Général de). Histoire et Mémoires, 7 vol. — Mélanges, 1 vol. *Paris, Firmin-Didot,* 1873 ; 8 vol. in-8, br.                                           35 fr.

859. **Simon** (E.-T.). Correspondance de l'Armée française en Egypte, interceptée par l'escadre de Nelson, publiée à Londres. *Paris, Garnery, an VII* (1799) ; in-8, br.                                           5 fr.

Carte de la Basse Egypte.

860. **Simon** (Henry). Armorial général de l'Empire français, contenant les armes de S. M. l'Empereur et Roi, des Princes de sa famille, des grands dignitaires, princes, ducs, comtes, chevaliers et celles des villes de 1re, 2e et 3e classes, par Henry Simon, graveur du cabinet de S. M. *Paris, l'auteur,* 1812 ; in-fol., mar. vert, dos orné, ornem. sur les plats avec croix d'honneur au centre, doublé de moire, tr. dor.                                           150 fr.

Tome premier seul avec 70 planches en taille-douce. Rare.

861. **Suchet.** Mémoires du maréchal Suchet, duc d'Albuféra, sur ses campagnes en Espagne depuis 1808

jusqu'en 1814, écrits par lui-même. *Paris, Bossange,* 1828 ; 2 vol. in-8, br., et atlas in-fol., demi-rel. 50 fr.

PREMIÈRE ÉDITION de cet ouvrage intéressant et rare.

862. **Tableau** des guerres de la Ré-

volution de 1792 à 1815, par P. G. (Paul Gayant), ancien élève de l'école polytechnique. *Paris, Paulin,* 1838 ; gr. in-8, br. 4 fr.

20 cartes et 30 portraits gravés sur bois des généraux qui ont commandé en chef.

863. **Nepos** (Cornelius). Vitæ excellentium Imperatorum, et in eas Jani Gebhardi Spicilegium. *Amstelodami, ex off. Janssoniana,* 1644 ; pet. in-12, titre gravé, veau fauve, dos orné de mar. rouge, fil., tr. dor. 15 fr.

Haut.: 124 mm.

864. **Nobiliaire** de Normandie publié par une société de généalogistes, avec le concours des principales familles nobles de la province, sous la direction de E. de Magny. *Paris, Aubry* (1863) ; 2 vol. gr. in-8, demi-rel. chagr. bleu, *non rognés.* 30 fr.

865. **Nodier** (Charles). Bibliothèque sacrée grecque-latine ; ouvrage rédigé d'après Mauro Boni et Gamba. *Paris, Thoisnier-Desplaces,* 1826 ; in-8, demi-rel. chagr. brun. 7 fr.

866. **Nodier** (Charles). Souvenirs de Jeunesse, extraits des mémoires de Maxime Odin. *Paris, Levavasseur,* 1832 ; in-8, demi-rel. veau, dos orné, *non rogné.* 12 fr.

867. **Noël** (Fr.). Dictionnaire de la Fable. Troisième édition, revue, corrigée. et considérablement augmentée. *Paris, Le Normant,* 1810 ; 2 vol. in-8, front., veau, dos orné, tr. marbr. 7 fr.

868. **Nouveaux** Mémoires secrets pour servir à l'histoire de notre temps (par V.-D. de Musset-Pathay). *Paris. Brissot-Thivars,* 1829 ; in-8, br. 6 fr.

869. **Nouveau** siècle de Louis XIV, ou poésies-anecdotes du règne et de la cour de ce prince, avec des notes historiques et des éclaircissements. (Par C.-S. Sautreau de Marsy et Fr. Noël). *Paris, Buisson,* 1793 ; 4 vol. in-8, demi-rel. veau, dos orné. 15 fr.

870. **Old Nick.** La Chine ouverte. Aventures d'un Fan-Kouéi dans le

pays de Tsin, par Old Nick (Emile Forgues). Ouvrage illustré par Auguste Borget. *Paris, H. Fournier,* 1845 ; in-8, cart. toile. 8 fr.

Jolies figures gravées sur bois.

871. **Ordonnance** de Louis XIV, roy de France et de Navarre, donnée à Saint-Germain-en-Laye au mois d'Avril (sur l'administration de la Justice). *Paris,* 1667 ; in-4, veau marbré, dos orné (*Rel. anc.*). 25 fr.

Exemplaire aux armes de Georges JOLY, baron de BLAISY, président au parlement de Bourgogne.

872. **Orléans** (Antoine-Philippe d'). Mémoires de S. A. S. Antoine-Philippe d'Orléans, duc de Montpensier, prince du sang. Troisième édition, revue et corrigée. *Paris, Baudouin,* 1824 ; in-8, br. 5 fr.

873. **Paganel** (P.). Essai historique et critique sur la Révolution française. *Paris, Plassan,* 1810 ; 3 vol. in-8, demi-rel. bas. 15 fr.

Exemplaire avec les cartons des deux premiers volumes.

874. **Palsgrave** (Jean). L'Eclaircissement de la langue française, suivi de la grammaire de Giles du Guez, publiés pour la première fois en France par F. Génin. *Paris, impr. nationale,* 1852 ; in-4, cart., *non rogné.* 15 fr.

Bonne édition, avec une introduction, une table des règles et des mots pour la grammaire de Palsgrave, et un fac-simile du titre de l'édition originale de cette grammaire, et de la grande marque qui est à la fin.

875. **Palustre** (Léon). La Renaissance en France. *Paris, Quantin,* 1879-1885 ; 3 vol. in-fol., cart. 180 fr.

Nombreuses figures gravées sous la direction d'Eugène Sadoux. publié à 375 fr.

876. **Papiers** saisis à Bareuth, et à Mende, département de la Lozère. Publié par ordre du gouvernement. *Paris, impr. de la République, an X* (1802) ; in-8, br. 3 fr.

**Et de Livres anciens et modernes**

877. **Paris**. Recueil de pièces relatives à l'histoire politique de Paris pendant les années 1789 et 1790 ; 2 vol. in-8, demi-rel. bas.    18 fr.

> Procès-verbaux de la commune de Paris du 17 sept. au 22 octobre 1789, 17 pièces. — Arrêtés, proclamations. — Plan d'organisation de l'assemblée des 300 représentans de la commune de Paris par Prévost de S.-Lucien. — Idées d'un citoyen sur la municipalité par Leblond de S.-Martin. — Rapports de Districts. — Etc.

878. **Paris** dans sa splendeur. Monuments, vues, scènes historiques. Descriptions et histoire. Dessins et lithographies par Ph. Benoist, Eug. Ciceri, J. David, Fichot, Sabatier, etc. Texte par Audiganne, L. Enault, V. Fournel, Ed. Fournier, Le Roux de Lincy, Viollet-le-Duc, etc. *Paris, H. Charpentier*, 1861 ; 3 vol. in-fol., demi-rel. chagr. rouge, plats toile, tr. dor.    50 fr.

> Nombreuses illustrations.

879. **Paris** ou le livre des cent-et-un. *Paris, Ladvocat*, 1831-1833 ; 12 vol. in-8, br.    40 fr.

> Ouvrage rédigé par les écrivains les plus en renom de l'époque romantique : J. Janin, Nodier, Ph. Chasles, Chateaubriand, Victor Hugo, Monnier, Gozlan, Eug. Sue, Planche, etc.
> Cet exemplaire ne comprend que 12 volumes sur les 15 dont il se compose.

880. **Passerius** (J.-B.). Picturæ Etruscorum in vasculis. *Romæ*, 1767 ; 3 vol. in-fol., cuir de Russie. 90 fr.

> Bel exemplaire contenant 300 figures coloriées ; ouvrage devenu rare.

881. **Peignot** (Gabriel). De la Maison royale de France, ou précis généalogique et anecdotique sur la famille de Bourbon. *Paris et Dijon*, 1815 ; in-8, front., demi-rel. bas. 7 fr.

882. **Peignot** (Gabriel). Recherches historiques sur la personne de Jésus-Christ, sur celle de Marie, sur les deux généalogies du Sauveur, et sur sa famille, etc., par un ancien bibliothécaire (Etienne-Gabriel Peignot). *Dijon, V. Lagier*, 1829 ; in-8, demi-rel. veau bleu.    7 fr.

883. **Peignot** (Gabriel). Répertoire bibliographique universel. *Paris, A.-A. Renouard*, 1812 ; in-8, br. 7 fr.

884. **Perkins** (Charles). Les Sculpteurs italiens. Edition française, revue, augmentée et ornée d'un album contenant 80 eaux-fortes gravées par l'auteur. Traduit de l'anglais par Ch.-Ph. Haussoullier. *Paris, Jules Renouard*, 1869 ; 2 vol. in-8, br. et un album en feuilles.    20 fr.

> Manque tome Iᵉʳ.

885. **Petit-Radel** (L.-Ch.-Fr.). Recherches sur les Bibliothèques anciennes et modernes, jusqu'à la fondation de la bibliothèque Mazarine. *Paris, Rey et Gravier*, 1819 ; in-8, demi-rel. chagr. noir.    4 fr.

> Plan de la bibliothèque Mazarine.

886. **Perrens** (F.-T.). Etienne Marcel, Prévôt des Marchands, 1354-1358. *Paris, Impr. Nationale*, 1874 ; in-4, cart.    10 fr.

887. **Pichot** (Amédée). Histoire de Charles-Edouard, dernier prince de la maison de Stuart. *Paris, Amyot*, 1845-1846 ; 2 vol. in-8, br.    5 fr.

888. **Picot** (Jean). Histoire des Gaulois depuis leur origine jusqu'à leur mélange avec les Francs et jusqu'aux commencemens de la Momarchie françoise. *Genève, Paschoud*, 1804 ; 3 tomes en 1 vol. in-8, cart.    6 fr.

> Bel exemplaire.

889. **Pièces inédites** sur les règnes de Louis XIV, Louis XV et Louis XVI. Ouvrage dans lequel on trouve des mémoires, des notices historiques et des lettres de Louis XIV, de Mᵐᵉ de Maintenon, des maréchaux de Villars, de Berwick et d'Asfeld, et la chronique scandaleuse de la Cour de Philippe d'Orléans, régent de France, écrite par le duc de Richelieu. (Publiées par J.-L. Soulavie.) *Paris, L. Collin*, 1809 ; 2 vol. in-8, bas.    10 fr.

890. **Pinel** (Honoré). A. B. C. du Sportsman. *Paris, Durocq*, 1869 ; 3 livr. in-4, cart.    12 fr.

> Nombreuses figures en couleurs, donnant les robes et marques, les conformations et les races des chevaux.

891. **Piroli** (Thomas). Les Monumens antiques du Musée de Napoléon, dessinés et gravés par Thomas Piroli avec une explication par J.-G. Schweighaeuser publiés par F. et P. Piranesi frères. *Paris*, 1804-

1806 ; 4 vol. in-4, veau marbré, dos orné, dent., tr. dor. 50 fr.

Ouvrage orné de 318 figures au trait.

892. **Playne** (A.). L'Art héraldique, contenant la manière d'apprendre facilement le blason. Nouvelle édition revue, corrigée et augmentée. *Paris, Ch. Osmont,* 1717 ; in-12, veau. 12 fr.

Nombreuses planches gravées en taille-douce.

893. **Portraits**. Collection de 25 portraits des personnages les plus célèbres du siècle de Louis XVI, avec une notice sur chacun, dessinés par Devéria, et gravés par Dieu, Tavernier, Decauvilliers, Wegwood, Sixdeniers, Müller, Adam, Johanneau, etc., *Paris, Lemarchand,* 1829 ; in-8, br. 12 fr.

894. **Pradon**. Les Œuvres de M. de Pradon. *Suivant la copie imprimée à Paris, à Amsterdam, chez Antoine Schelte,* 1695 ; pet. in-12, front., veau fauve, dos orné, fil., tr. dor. (*Vve Niedrée*). 30 fr.

Les six pièces contenues dans cette édition sortent des presses de Wolfgang, sauf la satyre qui a été imprimée par Blaeu. Haut. : 134 mm.

895. **Procès** de Louis XVI, roi de France, suivi des procès de Marie-Antoinette, de Madame Elisabeth et de Louis-Philippe, duc d'Orléans, par un ami du trône. *Paris, Lerouge,* 1814 ; 2 vol. in-8, br. 8 fr.

Édition ornée de 6 portraits et 3 vignettes. Mouillures.

896. **Properce**. Élégies traduites dans toute leur intégrité, par M. Delonchamps. Nouvelle édition, revue, corrigée et augmentée. *Paris, Duprat,* 1802 ; 2 vol. in-8, cart., *non rognés*. 8 fr.

897. **Proscrits** (les) reproscrits ou de l'ordre du jour du 17 mai 1819. Par un ami de la Monarchie selon la Charte. *Paris, Plancher,* 1820 ; in-8, br. 3 fr.

898. **Proussinalle**. Histoire secrète du Tribunal Révolutionnaire contenant des détails curieux sur sa formation, sa marche, sur le gouvernement révolutionnaire, etc. *Paris, Lerouge,* 1815 ; 2 vol. in-8, br. 8 fr.

899. **Prudhomme**. Dictionnaire des individus envoyés à la mort judiciairement, révolutionnairement et contre-révolutionnairement pendant la Révolution, particulièrement sous le règne de la Convention nationale. *Paris,* 1796-1797 ; 6 vol. in-8, br. 50 fr.

Curieuses planches gravées sur cuivre. Allégories et scènes d'exécutions qui eurent lieu dans les différentes parties de la France.

900. **Quatrebarbes** (Théodore de). Souvenirs de la Campagne d'Afrique. *Angers, Chateau,* 1831 ; in-8, br., couv. 6 fr.

Détails des divers incidents de la prise d'Alger.

901. **Rabelais**. Œuvres. Illustrations de Gustave Doré. *Paris, Garnier,* 1872-1873 ; 2 vol. gr. in-fol., fig. et vign., cart. perc., fers spéciaux, *non rognés*. 180 fr.

Exemplaire sur GRAND PAPIER DE HOLLANDE, avec les figures AVANT LA LETTRE, sur Chine.
On a ajouté en tête du premier volume un frontispice *dessin original* à l'aquarelle.

902. **Rabelais**. Le même. *Paris,* 1872-1873 ; in-fol., cart. toile rouge. 100 fr.

903. **Racine**. Œuvres. Texte original avec variantes. Notice par Anatole France. *Paris, Lemerre,* (1874-1875); 5 vol. in-16, br. 15 fr.

Portrait gravé à l'eau-forte.

904. **Ranque** (Léopold). Histoire de la papauté pendant les XVIe et XVIIe siècles, traduite de l'allemand par J.-B. Haiber. *Paris, Debécourt,* 1838; 4 vol. in-8, demi-rel. veau rouge, dos orné. 15 fr.

905. **Raynouard**. Monuments historiques, relatifs à la condamnation des chevaliers du Temple et à l'abolition de leur ordre. *Paris,* 1813 ; in-8, br. 3 fr.

Exemplaire fatigué.

906. **Raynouard**. Les Templiers, tragédie, par M. Raynouard ; suivie de l'extrait de la tragédie espagnole des Templiers, par Perez de Montalban. *Paris, Mame,* 1815 ; in-8, br. 3 fr.

Ouvrage orné du portrait de Jacques de Molay, dernier grand maître des Templiers.

907. **Réaumur**. Mémoires pour servir à l'histoire des Insectes. *Paris,*

**Et de Livres anciens et modernes**

*Impr. royale*, 1734-1742 ; 6 vol. in-4, veau. 50 fr.

Bel exemplaire de premier tirage avec nombreuses planches.

**908. Recueil** de pièces de Théâtre du XVIII<sup>e</sup> siècle. In-8, veau. 15 fr.

*Collé.* La Partie de chasse de Henri IV, comédie, 1766 (4 figures de Gravelot). — *Voltaire*, Mérope, tragédie, 1758. — *Favart*. Annette et Lubin, comédie. 1763 (musique). — *Favart*. Isabelle et Gertrude, comédie, 1765. — Nanine, sœur de lait de la reine de Golconde, parodie, 1768 (fig. de Martinet et musique). — *Grandval*. Le Pot de chambre cassé, tragédie pour rire.—*Saurin*. Les Mœurs du temps, comédie, 1761.

**909. Recueil** de pièces relatives à la Révolution de 1789. 3 vol. in-8, demi-rel. bas. 20 fr.

Discours sur la nécessité de la ratification de la loi. — Discours de M. Necker. — Discours de M. Le Chapelier. — Nouveau mémoire au roi par les Etats de Bretagne, 1788. — Lettre à un membre de l'Assemblée législative.—Procès-verbal des Conférences sur la vérification des pouvoirs. — Code national dédié aux Etats-Généraux, 1788. — Observations sur la lettre de M. de Calonne. — Lettre de M. de Volny. — Contre-poison ou compte-rendu des travaux de l'Assemblée nationale. — L'Ami des trois ordres. — Etc.

**910. Réfutation** de l'histoire de France de l'abbé de Montgaillard, publiée par M. Uranelt de Leuze. *Paris, Delaforest*, 1828 ; in-8, br. 3 fr.

Ouvrage contenant un fac-similé de l'écriture de Louis XVIII et Mirabeau.

**911. Regnault-Delalande** (F.-L.). Catalogue raisonné d'objets d'Arts du cabinet de feu M. de Silvestre. *Paris*, 1810 ; in-8, br. 10 fr.

Catalogue de dessins de maîtres de toutes les Ecoles.

**912. Rennes**. Assemblée nationale. Bulletin des correspondances réunis du Clergé et de la Sénéchaussée de Rennes. *Rennes, Vatar*, 1789-1790 ; 7 vol. in-8, bas. 50 fr.

Rare.

**913. Restif de la Bretonne.** Monsieur Nicolas, ou le cœur humain dévoilé, publié par lui-même. *Imprimé à la Maison (Paris)*,1794 ; 16 part. en 8 vol. in-12, demi-rel. veau. 100 fr.

ÉDITION ORIGINALE très rare.

**914. Restif de la Bretonne.** Les Parisiennes ou XL caractères généraux pris dans les mœurs actuelles,

propres à servir à l'instruction des personnes du sexe. *Neufchatel et Paris, Guillot*, 1787 ; 4 vol. in-12, demi-rel. veau. 80 fr.

20 jolies figures de *Binet* gravées en taille-douce.

**915. Restif de la Bretonne.** Le Paysan perverti ou les dangers de la ville. Histoire récente, mise au jour d'après les véritables lettres des personnages. *La Haie et Paris*, 1789 ; 4 vol. in-12, br. 15 fr.

**916. Restif de la Bretonne.** Le Pornographe ou idées d'un honnête homme sur un projet de réglement pour les prostituées, propre à prévenir les malheurs qu'occasionne le publicisme des femmes, avec des notes historiques et justificatives et une étude critique du D<sup>r</sup> Mireur de Marseille. *Bruxelles, Gay*, 1879 ; in-8, br. 5 fr.

Frontispice sur Chine gravé à l'eau-forte par *Chauvet*.

**917. Résumé** général. ou extrait des cahiers de pouvoirs, instructions, demandes et doléances, réunis par les divers baillages, sénéchaussées et pays d'Etats du royaume à leurs députés à l'Assemblée des Etats-Généraux, ouverts à Versailles, le 4 mai 1789. Par une société de gens de lettres, publié par le sieur Prudhomme. *Paris*, 1789 ; 3 vol. in-8, bas. 30 fr.

Ouvrage extrèmement important pour l'histoire des débuts de la Révolution. Outre l'analyse de tous les cahiers on y trouve les noms et les adresses, à Versailles, de tous les membres des trois ordres.

**918. Révolution.** Pièces d'accusation contre Billaud-Varenne, Collot-d'Herbois. Barère et Vadier. 36 pièces en 2 vol. in-8, demi-rel. bas. 15 fr.

Dénonciation de Darmaing. réponses de Vadier ; opinion de Carnot ; défense par Barère : P.-J.-D.-G. Faure, député de la Seine-Inférieure, sur le procès des 4 députés ; Discours de Lindet : La Queue de Robespierre écorchée. etc. — Une des pièces est incomplète de 4 pp.

**919. Richard** (Jules). En Campagne (deuxième série). Tableaux et dessins de Meissonier, E. Detaille, A. de Neuville, Bellangé, Berne-Bellecour, Boutigny, Dupray, Girardet, Morot, Protais, etc. *Paris, Bous-*

*sod-Valadon*, *s.* *d.*; in-fol., en
feuilles, dans un carton.    35 fr.
> L'un des 75 exemplaires sur PAPIER
> VÉLIN DU MARAIS.

**920. Rochecotte** (G. de). Mémoires
du comte Fortuné Guyon de Rochecotte, ancien officier au régi-
ment du Roi, commandant en chef
les Royalistes du Maine, du Perche
et du pays Chartrain en 1795-96-
97 et 98. *Paris, Eymery*, 1818 ;
in-8, cart., éb.    7 fr.

**921. Rivarol.** Mémoires, avec des
notes et des éclaircissements historiques ; précédés d'une notice, par
M. Berville. *Paris, Baudouin*, 1824;
in-8, br.    5 fr.

**922. Rœderer** (P.-L.). L'Esprit de
la Révolution de 1789. *Paris*, 1831 ;
in-8, br.    5 fr.

**923. Roland** (M^me). Appel à l'im-
partiale postérité, par la citoyenne
Roland, femme du Ministre de
l'intérieur. *Paris, Louvet, s. d.*
(1796) ; 4 parties en un vol. in-8,
portr., demi-rel. veau.    9 fr.
> Édition originale des Mémoires de
> M^me Roland qui, malgré la protestation de
> Bosc, insérée dans l'avertissement de la
> 2^e partie, ont été attribués à celui-ci par
> plusieurs écrivains, entre autres par Pru-
> **dhon.**

**924. Roland** (M^me). Mémoires de
Madame Roland ; avec une notice
sur sa vie, des notes et des éclaircissements historiques, par MM.
Beville et Barrière. Deuxième édition. *Paris, Baudouin*, 1821 ; 2 vol.
in-8, br.    10 fr.

**925. Roland** (M^me). Œuvres de J.-
M.-Ph. Roland, femme de l'ex-mi-
nistre de l'intérieur, contenant : Ses
mémoires et notices historiques ;
son procès et sa condamnation ; ses
œuvres philosophique et littéraires,
etc. *Paris, Bidault, an VIII* (1800):
3 vol. in-8, veau fauve.    12 fr.

**926. Romanis** (Antonio de). Le an-
tiche Camere esquiline dette comu-
nemente delle Terme di Tito, dise-
gnate ed illustrate da Antonio de
Romanio, architetto. *Roma*, 1822 ;
pet. in-fol., demi-rel. bas.    10 fr.
> Frontispice et 9 belles planches gravés
> par *Ruga*.

**927. Roscoe** (William). Vie et pon-
tificat de Léon X. Ouvrage traduit
de l'anglais par P.-F. Henry. Seconde édition, revue et corrigée.
*Paris, Gide fils*, 1813 ; 4 vol. in-8,
demi-rel. dos et coins bas.    12 fr.
> Portrait et planches de médailles.

**928. Ross** (John). Relation du second
Voyage fait à la recherche d'un passage au Nord-Ouest, et de sa rési-
dence dans les régions arctiques
pendant les années 1829 à 1833.
Traduit par A.-J.-B. Defauconpret.
*Paris, Bellizard*, 1835 ; 2 vol. in-8,
demi-rel. chagr. vert.    5 fr.
> Ouvrage accompagné d'une carte de
> voyage, d'un portrait de l'auteur et de 2
> vues gravées sur acier.

**929. Rougeron de la Vallée** (Frédéric). Vie de Cambronne. *Nantes,
impr. Charpentier*, 1853 ; gr. in-8,
portr., br.    5 fr.

**930. Ruelle et Huillard Bréholles.**
Histoire générale du Moyen-Age.
*Paris, Dezobry*, 1842-1843 ; 2 vol.
in-8, br.    4 fr.

**931. Rymaille** sur les plus célèbres
Bibliotières de Paris en 1649. Avec
des notes et un essai sur les autres
bibliothèques particulières du temps
par Albert de la Fizelière. *Paris,
Aug. Aubry*, 1868 ; in-8, br. 6 fr.
> PAPIER VERGÉ.

**932. Saint-Evremond.** Œuvres de
M. Saint-Evremond, publiées sur
ses manuscrits, avec la vie de l'auteur par M. Des Maizeaux. *Amsterdam*, 1739 ; 7 vol. in-12, demi-
rel. veau, *non rognés*.    25 fr.
> 5 frontispices et 8 figures gravés par
> *Bernard Picart* et *Punt*.

**933. Saint-Georges** (David de).
Histoire des Druides et particulièrement de ceux de la Calédonie d'a-
près M. Smith, suivie de recherches sur les antiquités celtiques et
romaines et d'un mémoire sur les
tourbières du Jura. *Arbois*, 1845 ;
in-8, br.    3 fr.

**934. Saint-Germain** (Comte de).
Mémoires de M. le comte de Saint-
Germain, ministre et secrétaire d'E-
tat de la guerre, écrits par lui-même.
*Amsterdam, Marc-Michel Rey*,
1779 ; in-8, br.    5 fr.

**935. Saint-Luc** (Toussaint de). Mémoires sur l'Etat du Clergé et de
la Noblesse de Bretagne, par le R.

P. Toussaint de Saint-Luc, carme de Bretagne. *Paris, V<sup>ve</sup> Prignard,* 1691 (*Rennes, Vatar,* 1858); 2 vol. in-8, demi-rel. mar. rouge, tête dor., *non rognés.* 25 fr.

Réimpression tirée à 200 exemplaires. Nombreuses planches d'armoiries.

936. **Saint-René Taillandier.** Les Renégats de 89. Souvenirs du cours d'éloquence française à la Sorbonne. *Paris, Hachette,* 1877 ; in-8, br. 3 fr.

937. **Sainte-Albine** (Remond de). Le Comédien. Ouvrage divisé en deux parties. *Paris, Desaint,* 1747; in-8, veau. 10 fr.

En-têtes de *Gravelot.*

938. **Salon** de 1878. *Paris, Goupil,* 1878 ; 2 vol. gr. in-4, demi-rel. dos et coins de mar. rouge, éb. 50 fr.

100 planches photographiques montées sur onglets.

939. **Salles** (J.-B.). Charlotte Corday, tragédie en cinq actes et en vers, publiée pour la première fois, d'après le manuscrit original, avec une lettre inédite de Barbaroux par G. Moreau-Chaslon. *Paris, J. Miard,* 1864 ; in-4, fac-similé, br. 5 fr.

PAPIER VERGÉ.

940. **Salluste.** Histoire de la guerre des Romains contre Jugurtha, roy des Numides, et l'histoire de la conjuration de Catilina, ouvrages de Salluste, traduits en français (par l'abbé de Cassagne). *Paris, Claude Barbin,* 1675 ; in-12, mar. rouge, fil., tr. dor. (*Rel. anc.*). 65 fr.

Aux armes de CHARRON, marquis de MÉNARS, président au Parlement de Paris.

941. **Salverte** (Eusèbe). Des Sciences occultes ou essai sur la magie, les prodiges et les miracles. *Paris, Sédillot,* 1829; 2 vol. in-8, cart. 12 fr.

942. **Sarot** (E.). La Terreur dans le département de la Manche, et en particulier, les habitants de la Manche devant le tribunal révolutionnaire de Paris. *Coutances, Salettes,* 1877 ; in-8, br. 4 fr.

943. **Scheuchzerus** (J.-J.). Physica sacra iconibus a eneis illustrata suppeditante J.-A. Pfeffel. *Augustæ Vindelicorum et Ulmæ,* 1731-1735; 4 vol. in-fol., mar. rouge, tr. dor. (*Rel. anc.*). 150 fr.

Front. et 750 belles gravures.

944. **Schiller.** Œuvres dramatiques, traduites de l'allemand (Par Brugière de Barante). *Paris, Ladvocat,* 1821 ; 6 vol. in-8, portr., br., *non rognés.* 15 fr.

945. **Schœll** (F.). Histoire abrégée de la littérature romaine. *Paris, Gide,* 1815 ; 4 vol. in-8, demi-rel. veau. 15 fr.

946. **Ségur** (Jos.-Alex.). Des Femmes, leur condition et leur influence dans l'ordre social chez différents peuples anciens et modernes. *Paris, Treuttel et Würtz* ; 3 vol. in-12, demi-rel. veau. 8 fr.

Ouvrage orné de 6 gravures d'après les dessins de *Hariet.*

947. **Septembriseurs** (Les). Scènes historiques (par H. Regnier d'Estourbet). *Paris, Delangle,* 1829 ; in-8, portr., br. 4 fr.

948. **Sièrebois** (P.). La Morale, fouillée dans ses fondements. Essai d'anthropodicée. *Paris, G. Baillière,* 1866 ; in-8, br. 3 fr.

949. **Simon** (Édouard-Thomas). Correspondance de l'Armée française en Égypte, interceptée par l'escadre de Nelson. Publiée à Londres par E.-T. Simon. *Paris, Garnery, an VII* (1799) ; in-8, demi-rel. chagr. vert. 4 fr.

Carte de la Basse Egypte pour servir à l'intelligence de cette correspondance.

950. **Simplicien** (Le R. P.). L'État de la France, contenant les Princes, le Clergé, les Ducs et Pairs, les Maréchaux de France, etc. *Paris, Cavalier,* 1727 ; 4 vol. in-12, veau fauve, dos orné. 45 fr.

Nombreuses armoiries gravées sur bois.

951. **Siret** (Adolphe). Dictionnaire historique des Peintres de toutes les écoles depuis l'origine de la peinture jusqu'à nos jours. Deuxième édition revue et considérablement augmentée. *Bruxelles et Paris,* 1866 ; 12 livr. gr. in-8, br. 25 fr.

Manque la 10<sup>e</sup> livraison.

952. **Société des Aquarellistes français.** Catalogue d'expositions. *Paris, Jouaust, Launette,* 1884-1890 ; 9 vol. in-8, br., couv. 15 fr.

3<sup>e</sup>, 4<sup>e</sup>, 5<sup>e</sup>, 7<sup>e</sup>, 8<sup>e</sup>, 9<sup>e</sup>, 10<sup>e</sup>, 11<sup>e</sup> et 12<sup>e</sup> expositions annuelles. Nombreuses illustrations. —Les 5 premiers vol. sont sur papier vergé.

**Achat de Bibliothèques**

**953. Soirées** (les) de Neuilly, esquisses dramatiques et historiques publiées par M. de Fongeray, ornées du portrait de l'éditeur et d'un fac-simile de son écriture. *Paris, Moutardier*, 1827 ; 2 vol. in-8, demi-rel. veau fauve, dos orné, *non rognés.*     30 fr.

> Cet ouvrage, publié sous le pseudonyme de M. de Fongeray par Adolphe Dittmer et Auguste Cavé, renferme : Les Alliés ou l'invasion ; une Conspiration en province ; les Français en Espagne ; Mallet ou une conspiration sous l'Empire ; Dieu et le Diable ; et les Stationnaires.
> Lithographie par *Henry Monnier.*
> Bel exemplaire. Le 1er vol. est en première édition, le second en deuxième.

**954. Staël** (Baronne de). Corinne ou l'Italie. *Paris, Victor Lecou*, 1853 ; gr. in-8, br.     12 fr.

> Illustrations sur bois, dont 8 grandes compositions tirées hors texte.
> Fortes mouillures.

**955. Stanley** (Henry). Cinq années au Congo. 1879-1884. Voyages, explorations, fondation de l'Etat libre du Congo. Traduit par Gérard Harry. *Paris, Dreyfous, s. d.* (1885) ; gr. in-8, br.     10 fr.

> 120 gravures sur bois et 4 cartes en couleurs.

**956. Stanley** (Henry). Dans les Ténèbres de l'Afrique, recherche, délivrance et retraite d'Emin Pacha. *Paris, Hachette*, 1890 ; 2 vol. in-8, br.     12 fr.

> 150 gravures d'après les dessins de *A. Forestier, Sydney, Hall, Montbard, Riou*, et 3 grandes cartes tirées en couleurs.

**957. Stuart** et **Revett**. Les Antiquités d'Athènes mesurées et dessinées par J. Stuart et N. Revett. *Paris, impr. de Didot*, 1808 ; 4 vol. in-fol., cart., *non rognés.*     70 fr.

> 306 planches.

**958. Subtibilités** (Les) de la Librairie parisienne. La Bande noire et la révision. Question de probité commerciale entre un libraire de Paris et un libraire de province (par Roustan). *Versailles, Roustan*, 1864-65 ; in-8, cart., *non rogné.* 8 fr.

**959. Surville** (Clotilde de). Poésies de Marguerite-Eléonore-Clotilde de Vallon-Chalys, publiées par Ch. Vanderbourg. *Paris, Henrichs*, 1803 ; in-8, front., bas.     3 fr.

> Ces vers, attribués à Clotilde de Surville, sont considérés comme un charmant pastiche de la poésie française du XIIe siècle.

**960. Symeon**. Le imprese di Gabriel Symeoni. *Lyon*, 1559 ; in-4, demi-rel. mar. bleu.     20 fr.

> Figures sur bois. Raccommodage au titre.

**961. Tableaux** historiques de la Révolution française. *Paris, Didot l'aîné*, 1798 ; 3 vol. in-fol., cart., *non rognés.*     125 fr.

> 153 gravures dessinées par *Duplessi-Bertaux, Fragonard, Girardet, Legouz* et gravées à l'eau-forte par *Duplessi-Bertaux.*

**962. Tavernier** (Jean-Baptiste). Les six Voyages de J.-B. Tavernier, écuyer, baron d'Aubonne, qu'il a fait en Turquie, en Perse, et aux Indes. *Paris, G. Clouzier*, 1677-1679 ; 3 vol. in-4, veau, dos orné, tr. dor. (*Rel. anc.*).     35 fr.

> Ouvrage orné d'un portrait de l'auteur et d'un grand nombre de planches en taille-douce.
> Exemplaire aux armes et au chiffre de DU BUTAY.

**963. Taylor** et **Nodier**. Voyages pittoresques et romantiques dans l'ancienne France. Bourgogne. *Paris Didot*, 1863 ; in-fol., demi-rel. chag. rouge, *non rognés.*     120 fr.

> La Bourgogne renferme environ 170 planches, la plupart sur Chine. Très bel exemplaire.

**964. Térence**. Comédies de Térence. Traduction nouvelle, par G. Hinstin, avec le texte latin. *Paris, Alphonse Lemerre*, 1887-1889 ; 3 vol. in-12, brochés.     30 fr.

> L'un des 10 exemplaires sur PAPIER WHATMAN (n° 1).

**965. Tessé** (Maréchal) de). Mémoires et lettres, contenant des anecdotes et des faits historiques inconnus, sur partie des règnes de Louis XIV et de Louis XV. *Paris, Treuttel*, 1806 ; 2 vol. in-8, demi-rel. veau.     6 fr.

**966. Thomas** (Commandant G. Max.). Guerre de 1870. Metz. *Poitiers, Oudin*, 1871 ; in-8, br.     2 fr.

**967. Thornton** (Dr R.-J.). A New Illustration of the sexual systems of Limaeus and the temple of Flora or garden of the botanist. *London*, 1807 ; in-fol., veau.     130 fr.

> Temple de Flora contenant 31 planches coloriées.

## Et de Livres anciens et modernes

**968. Tocqueville** (C^te de). Coup d'œil sur le règne de Louis XVI. *Paris, Amyot, s. d.* (1850); in-8, br.  **4 fr.**

**969. Toulgoët** (E. de). Noblesse, blason, ordres de chevalerie. *Paris, Dentu,* 1859 ; in-8, br.  **3 fr.**

 Vignettes dans le texte. — Envoi de l'auteur à Pol de Courcy.

**970. Ussieux** (d'). Le Décaméron françois, 2 vol. — Les Nouvelles françoises, 3 vol. *Paris, Nyon,* 1783-1784. Ens. 5 vol. in-8, bas., dos orné, dent., tr. rouge (*Rel. anc.*). 30 fr.

 30 figures et nombreuses vignettes par *Eisen, Derais, Caresme, Clère* et *Martini.* — Mouillures.

**971. Vaissete** (Dom Joseph). Abrégé de l'histoire générale de Languedoc. *Paris, J. Vincent,* 1749 ; 6 vol. in-12, veau.  **25 fr.**

**972. Vauban.** De l'attaque et de la défense des Places. *La Haye, Pierre de Hondt,* 1737 ; in-4, veau. 15 fr.

 Planches en taille-douce.

**973. Vaublanc** (Comte de). Mémoires sur la Révolution de France. *Paris, Dentu,* 1833 ; 4 vol. in-8, br., couv.  **15 fr.**

 Envoi d'auteur au duc de Fitz-James.

**974. Vaurigaud** (B.). Essai sur l'histoire des églises réformées de Bretagne, 1535-1808. *Paris, Cherbuliez,* 1870 ; 3 vol. in-8, br. 25 fr.

 Rare.

**975. Vaysse de Villiers.** Itinéraire descriptif de la France et de l'Italie. Région de l'Ouest. Route de Paris à Rennes, avec une carte routière et plan de Versailles. *Paris, Potey,* 1822 ; in-8, br.  **4 fr.**

**976. Vergennes** (De). Mémoire historique et politique sur la Louisiane ; accompagné d'un précis de la vie de ce ministre, etc. *Paris, Lepetit,* 1802; in-8, portr., bas. 3 fr.

**977. Verger** (F.-J.). Notice sur Jublains dans le département de la Mayenne. Fouilles faites en 1834. *Nantes, impr. Mellinet,* 1835 ; in-8, br., couv.  **4 fr.**

 Planches lithographiées.

**978. Verrut** (Henry). Essai sur les Richesses et la puissance temporelle des Prêtres. *Paris, Arthur-Bertrand,* 1813 ; in-8, bas.  **5 fr.**

**979. Vertot** (Abbé de). Histoire des Chevaliers hospitaliers de S. Jean de Jérusalem, appellés depuis chevaliers de Rhodes et aujourd'hui chevaliers de Malthe. *Paris, Humblot,* 1778 ; 7 vol. in-12, demi-rel. bas.  **18 fr.**

 Le 7^e volume contient la liste de tous les chevaliers de l'Ordre.

**980. Veuillot** (Louis). Mélanges religieux, historiques, politiques et littéraires. Seconde édition. *Paris, Vivès,* 1860-1861; 6 vol. in-8, br. 20 fr.

**981. Veuillot** (Louis). Mélanges religieux, historiques, politiques et littéraires. Deuxième série. *Paris, Gaume,* 1859-1861 ; 6 vol. in-8, br.  **20 fr.**

**982. Vicissitudes** (Les). Mémoires du chevalier L. M... *S. l. n. d.;* pet. in-fol., br.  **40 fr.**

 Manuscrit sur papier, d'une bonne écriture du milieu du XVIII^e siècle, comprenant 3 ff. lim. et 208 pp.

 D'après une note inscrite sur la première garde, ce manuscrit ne serait autre que l'original d'un roman d'Antoine de La Place : *Les Désordres de l'amour, ou les étourderies du chevalier des Brières.* publié à Paris chez Cailleau en 1768, en 2 vol. in-12. Les changements de style que l'on y remarque ne seraient qu'une suite de corrections que l'auteur a fait subir à sa première rédaction.

**983. Vico.** Œuvres choisies de Vico, contenant ses mémoires écrits par lui-même, la science nouvelle, les opuscules, lettres, etc.; précédées d'une introduction par M. Michelet. *Paris, Hachette,* 1835 ; 2 vol. in-8, front., br.  **5 fr.**

**984. Victoires,** conquêtes, désastres, revers et guerres civiles des Français de 1792 à 1815. *Paris, Panckoucke,* 1818 ; 27 tomes en 14 vol. in-8, demi-rel. veau. 40 fr.

 Nombreuses cartes.

**985. Vie** (La) de M. l'abbé de Choisy. (Par l'abbé Joseph Thoulier-d'Olivet). *Lausanne et Genève, Bousquet,* 1742 ; in-8, bas.  **5 fr.**

*Le Propriétaire-Gérant :*

Th. BELIN.

Châteaudun. — Imprimerie de la Société Typographique (Téléphone).

9 782329 643564